諸神的差使

4

淺葉なつ

主要登場人物

萩原良彥

本作的主角，二十四歲的打工族。因緣際會之下，他被任命為聽候神明吩咐辦事的「差使（代理）」，但他對於日本神話的知識近乎於零。最近終於買了《古事記》，卻因漢字過多而陷入苦戰。有著見人有難便無法袖手旁觀的濫好人性格。

黃金

掌管方位吉凶的方位神，外表是隻狐狸，在情非得已的狀況之下成為良彥的監督者。想當然耳，對於古代歷史及眾神知之甚詳，良彥私下稱祂為「毛基百科」、「毛茸茸狐狸型導航器」。

藤波孝太郎

良彥的老朋友，大主神社的權禰宜。外貌一表人才，總是笑臉迎人，但其實是個超級現實主義者。他不知道良彥是差使，對於頻頻探詢神明之事的良彥感到詫異。

吉田穗乃香

大主神社宮司的女兒，擁有「天眼」，能看見神明、精靈及靈魂等等，與泣澤女神是朋友。過去曾受良彥幫助，因此也想為他盡一份心力。

序

「話說回來……」

握著方向盤的她因為紅燈而踩下煞車，怨懟地看著達也。

「難得回來一趟，怎麼不待久一點？反正是暑假。」

從車窗望見的窗外景色在盛夏太陽的曝晒之下，留下濃濃的黑影。時間剛過上午九點三十分，行駛在對向車道的車輛後座上大多坐著小孩。他們的目的地八成是前方的海水浴場，或是以家庭為客層的主題樂園吧。

「對我來說，留下來住一晚已經是待久一點了。」

達也從窗外收回視線，回頭看著駕駛座上的姊姊。和大學三年級的自己相差五歲的姊姊怕晒黑，放下了捲起的藍色開襟外套的袖子。那件開襟外套是達也前年送她的生日禮物，她似乎很喜歡這種藍中帶綠的清澈大海色調，每年都拿出來穿。

「即使是暑假，每天還是得練習。再說現在是秋季聯賽前的熱身賽，隊上安排了和企業隊伍的練習比賽，最重要的是——」

「最重要的是，先發位置不能被搶走，所以平時也鬆懈不得，對吧？」

看著達也從少棒聯盟時期一路打到現在的姊姊，模仿弟弟的口頭禪說道。達也有些掃興地撇開臉。即使到了這個年紀，他依然敵不過姊姊；最大力支持他打棒球的，也正是姊姊。

燈號轉綠，姊姊緩緩踩下油門。這輛以低油耗為招牌的小客車是姊姊的愛車，在這個交通不便的地區，對於一手包辦日常採買、工作聚會及少棒聯盟雜務的姊姊而言，是不可或缺的交通工具。當達也為了趕上十點的練習而準備搭巴士前往車站時，姊姊說要送他一程，他便恭敬不如從命了。其實達也只要在傍晚前回到棒球隊的宿舍即可，但因為他和父親合不來，便決定提早回去。

「達也，你打算永遠和爸爸維持這種關係嗎？」

廣播聲從汽車音響中流瀉而出，主播流暢地轉播球員們在夏季甲子園中追逐白球的白熱戰況。透過揚聲器傳來的管樂隊演奏聲，讓達也感到有些懷念。八點開始的第一場比賽剛結束四局上半，明年，不知這裡頭會有多少學弟來敲達也就讀的大學——關西首屈一指的職棒選手出身校——的大門呢？沒有信心在高中畢業之後立刻投入職業世界的球員，通常會為了增進實力而進入大學，達也亦是其中一人。

「……無所謂，反正我也不想和那個人和解。」

達也的母親在他讀小學時就過世了，之後一直是姊姊代替母親照顧他。他的老家是間古老的神社，由父親和取得神職執照的姊姊經營管理。

「再說，我既不懂神明和神社，也不懂人類傳承的使命。」

「別說這種孩子氣的話。」

姊姊啼笑皆非地嘆了口氣。看見她的神情，達也尷尬地移開視線。看在這個姊姊的眼裡，或許自己永遠都是個孩子吧？

「我說的是實話。這次我回家，也是因為妳一直嘮叨才回來的。」

達也想起昨晚和父親的爭執。他不想和父親吵架，所以才盡量不回家，誰知他的顧慮這次又成真了。

「爸爸老是看些沒頭沒尾的書，調查古時候那些無關緊要的事。就算查出了結果，對現在的生活有什麼影響？」

聽達也這麼說，姊姊彷彿在尋找言詞似地嘆了口氣。

「那是爸爸的例行功課。再說，調查過後，我發現那些資料還滿有趣的。我現在覺得爸爸的主張或許是正確的。說到這個，我也發現一份有趣的資料……對了，得去跟小洋拿。」

「姊姊，妳用不著陪他浪費時間啦。」

達也露骨地皺起眉頭。對於現在的他而言，調整好身體狀況迎接秋季聯賽，遠比確認陳年往事的真偽要來得重要許多。

「……欸，達也，你就好好聽爸爸說一次話嘛。」

姊姊面向前方，用平時少有的凝重語氣說道。

遠方傳來喇叭聲。

「這件事也不是和你毫無關係……」

「我已經有棒球了。」

達也打斷姊姊的話語，如此說道。

「不管我當不當得成職棒選手，我都沒打算要回去。老實說，我根本不在乎那個家。」

聽了這句話，姊姊一瞬間露出欲言又止的神情。

達也正想詢問時，突然有股強烈的衝擊襲向兩人乘坐的車子。

後方的玻璃化為碎片，四肢違背自己的意志四處亂撞，活像被抓著腦袋搖晃的感覺讓達也分不清哪邊是天、哪邊是地。擋風玻璃因為第二次的衝擊而破裂，他根本無暇閃避碎片。

在朦朧的意識中，達也最後看見的是頭部出血的姊姊，倒在未完全張開的安全氣囊上，一動也不動的模樣。

她握著方向盤的手無力地垂落下來，鮮血沿著指尖滴落。

姊姊——達也想開口呼喚，但吐出的只有嘶啞的呼吸聲。

血腥味逐漸擴散，意識越來越薄弱。

白色的日光，從玻璃脫落的前座照射進來。

就在達也感到刺眼的下一秒，他的視野染成一片鮮紅，就此失去所有意識。

一尊　夢中朁

一

「東方有塊好土地，饒速日命已經先一步下凡了。這塊青山環繞的土地，正適合拓展大業、治理天下，我打算在那兒建都。」

天照太御神的子孫——神倭伊波禮毘古命（之後的神武天皇），在四十五歲那年的秋天，與哥哥五瀨命等諸皇子一同率領水軍，出發東征。

祂們經由筑紫、安藝進入吉備，過冬之後，又繼續東進。

祂們乘著潮流渡海，溯溪進入河內，在翻越生駒山時，受到當地的原住民長髓彥等人猛攻，五瀨命身負箭傷，死於竈山。

神倭伊波禮毘古命雖然悲嘆兄長之死，卻仍為了在日本中心建立新都而再度奮勇進軍。

六月二十三日，大軍抵達紀國名草村。

並在該地誅殺了女賊名草戶畔。

（摘錄自《日本書紀》）

⛩

七月下旬，為期一個月的祇園祭於京都展開，做為前祭的山鉾（註1）巡行也隨著上週結束的梅雨季一起圓滿地落幕。

對於在京都土生土長、小時候常坐在父親肩膀上觀賞山鉾的良彥而言，這個祭典正意味著京都的夏天開始了。潮濕的熱氣攀纏全身，遠多於平時的觀光客蜂擁而來，無論走到哪裡都是人山人海，令人大嘆吃不消。不過，一旦巨大的山鉾組裝完畢，由兒童演奏的獨特伴奏樂聲響起，就會讓人莫名興奮。

「欸，良彥，這個沒有後續嗎？」

祇園祭原本是起源於以驅散疫疾為目的的御靈會，後來民間混同印度祇園精舍的瘟神牛頭天王與須佐之男命，奉祀於八坂神社。做為前祭的山鉾巡行結束的那一天傍晚，須佐之男命會和妻子櫛稻田姬命及兒女們一同搭上神轎，離開神社，在御旅所（註2）度過七天之後，再回到八坂神社。

「這是以我為原型寫的故事吧？傷腦筋，怎麼沒先知會我一聲呢？」

良彥坐在寢室的桌子前，翻閱他終於買下的白話版《古事記》。滿是漢字的神明名稱令他立即犯頭疼。

「是嗎？我沒聽過原型是大國主神的說法。那不是在描寫當時的藤原氏嗎？」

「咦？這個光源氏不是我嗎？我還以為是在寫我耶！」

「祢做過同樣的事嗎？」

「說沒有是騙人的。」

「唉……」

良彥一面用手指搓揉太陽穴，一面回頭看著在背後聚會的神明。他犯頭疼的原因似乎不只出在書上的漢字。

「光源氏的原型是誰一點也不重要。我現在正在認真閱讀《古事記》，祢們能不能安靜一點？還有，大國主神泡在我家幹嘛？」

註1：神社祭禮時使用的一種拉車。搭載山形屋頂，並插上長刀或矛，供神靈降臨。

註2：在神社祭禮過程中，祭神巡幸時神轎暫時停放的地方。

視線前方，只見一尊身穿連帽上衣的男神，光明正大地占領了冷氣房中的床鋪樂園，正在閱讀從良彥妹妹房裡借來的漫畫，旁邊還有一隻毛茸茸的食客伴讀。正巧在書上讀到大國主神禪讓場面的良彥，實在難以認同眼前這尊男神與神話中的大國主神是同一尊神，心中萌生一股奇妙的異樣感。

「別這麼正經八百的嘛，難得我從出雲來一趟耶。」

大國主神毫無反省之色地望向良彥。

「別的不說，與天津神分庭抗禮的大國主神光臨這棟破房子，可說是奇蹟！你應該心懷感謝才對。」

神代，大國主神與少彥名神合力建國，天照太御神的孫子邇邇藝命卻逼祂們禪讓。在良彥看來，叫人家把好不容易建好的國家讓給天津神，根本是暴君的行徑，不過神明之間似乎有統治者與政治掌權者之別。大國主神在傾聽兒子們的意見之後，最後並未掀起大戰，而是以建造大社為條件，交出了國家。

「祢只是因為須勢理毘賣去參加祇園祭，閒著沒事幹而已吧？」

良彥嘆了口氣，望著國津神之中赫赫有名的男神。《古事記》中的祂顯得恢宏大度，與現實中的祂給人的印象實在相差太多。

「上個禮拜忽然跑來，我還在想祢什麼時候要回去，結果居然一直住到現在。祢好歹是須佐之男命的女婿，幹嘛不和祂一起搭神轎？」

還有四天才會舉辦還幸祭，將神轎迎回八坂神社，大國主神該不會打算住到那時候吧？不只如此，祂似乎不好意思在祭典途中大搖大擺地跑出去玩，所以整天都窩在良彥家裡看漫畫。良彥覺得乖乖出門打工的自己比祂上進多了。

「要是和岳父一起搭神轎出巡，我不管有幾條命都不夠用。」

大國主神一本正經地喃喃說道，良彥聞言不禁皺起眉頭。

「祢的岳父到底有多凶暴啊……」

雖然良彥尚未見過須勢理毘賣的父親須佐之男命，但是聽大國主神說成這樣，腦中萌生的盡是恐怖的想像。

「再說，我有許多事得思考。你大概不知道，當神明可不清閒。就拿現在來說，我手上就有件有點棘手的案子，正在煩惱該怎麼處理才好。」

大國主神誇張地嘆一口氣，身邊是高高堆起的漫畫版《源氏物語》。

「我畢竟是身為出雲族長的大國主神，有些事不方便插手干涉。活得久，就會產生一些人情義理上的問題，可是我又不能放棄身為神明的職責……啊，找到第九集了。」

「祢看起來一點也不像在煩惱……」

良彥不悅地看著再度拿起漫畫的大國主神。如果真的煩惱，就該擺出煩惱的姿態啊。

「有什麼關係呢？良彥，大國主神來訪，是很吉利的事。」

黃金在床邊大快朵頤大國主神帶來的各種水果及點心伴手禮，看來祂早已忘記前些日子的肥胖危機。

「……祢根本是被食物收買了。」

「很好吃啊！良彥。不愧是神明送的禮品。」

「哎呀，每年這個時期，大氣都比賣神都會送我中元禮。量實在太多了，帶來是正確的選擇。良彥，你要不要來一點？」

大國主神遞出了哈密瓜，良彥苦著臉瞥了一眼。就外觀看來，那是百貨公司放在木盒裡販賣的那種高級哈密瓜，但是來源卻讓良彥難以釋懷。

「……這個也是大氣都比賣神送祢的吧？」

良彥昨天剛在《古事記》裡看過相關的段落。

神代，身為食物之神的大氣都比賣神應須佐之男命之請，籌措進獻給高天原的食物。祂從鼻子、嘴巴、屁股等處接二連三地拿出蔬菜和穀物，見狀，須佐之男命誤以為祂拿出穢物，便將祂斬殺。

「話說回來，祂明明被殺了，為什麼還能送中元禮……？」

良彥板著臉望向興沖沖地瓜分哈密瓜的兩尊神。不知為何，良彥心想這顆哈密瓜如果是大氣都比賣神贈送的，搞不好是出自於祂的屁股。

「斬殺只是比喻。的確，從祂的肉片生出了大豆及麥子，散播人間，但祂本身在那之後再生了，而且和羽山戶神結了婚。」

大國主神一面把哈密瓜遞給黃金一面說道，良彥忍不住反問：

「再生？怎麼再生？」

「祂本身就是五穀，亦即植物的化身，所以大概是靠插枝吧？」

「這是什麼作弊的設定啊……」

良彥啞然無語，凝視著隨口回答的大國主神。何況大豆和麥子可以採用插枝法栽種嗎？

「我和大氣都比賣神都是受過須佐之男命考驗的神，所以有點交情。不過那些往事現在已經成了我們和須勢理毘賣談天說笑時的話題。」

大國主神說得若無其事，良彥卻聽得五味雜陳。原來神明也會結盟啊？別的不說，因為一時的誤會就立刻斬殺對方的須佐之男命問題也不小。難道在動手之前沒有溝通的餘地嗎？

「良彥，對於別人贈送的禮物不用想太多，好好品嘗就是了。」

黃金咬了一口切好的哈密瓜，滿嘴果汁地提出忠告。

「就是說啊，古時候還在田裡澆糞栽種作物呢，有什麼好介意的？東西是從哪裡來的根本不重要吧？」

大國主神也毫不遲疑地咬了一口哈密瓜，甘甜的滋味令祂眉開眼笑。

「我和神明不一樣，很纖細的！」

「我頭一次吃到如此甘甜的瓜。良彥，你怎麼不吃呢？」

「真的、真的。啊，良彥，莫非你討厭哈密瓜？不然也有大豆和小麥，你要嗎？」

大國主神從祂帶來的箱子裡，接二連三地拿出仍然帶著葉子及豆莢的大豆與帶穗的小麥。

「……這種狀態怎麼吃啊……」

良彥用手撥開扎臉的礙事麥穗。

「至少先磨成粉吧！磨成粉！」

「咦？你要吃粉？吃起來不嫌乾嗎？」

「誰會吃粉啊！揉成麵糰、烤過以後才吃啦！」

可以拿來做麵包，也可以拿來做烏龍麵，多得是調理的方法。說歸說，一聽說這些是來自於大氣都比賣神，良彥還是不太敢吃。

良彥趴在桌子上，假裝沒看見黃金和大國主神大啖哈密瓜。既然大氣都比賣神如此神通廣大，即使被砍也能再生，為何偏偏要從那些奇特的地方拿出食物？

「……咦？」

須勢理毘賣就不能快點回來把大國主神帶走嗎？良彥如此暗想，扭動身體，把頭轉向旁邊，這才發現放在眼前的宣之言書正散發著淡淡的光芒。只見它輕飄飄地打開，翻到最新的那一頁，頁面上刻劃著淡墨色的神名。

「啊，是不是大神派差事來啦？」

大國主神察覺到了，回過頭來問道。

「嗯……派是派了……」

良彥依然不知道那個名字該怎麼念。

「《古事記》上頭提過這尊神明嗎……？」

「並不是只有《古事記》上記載的才是神明。」

黃金來到拿著宣之言書歪頭納悶的良彥身邊，抬起鼻頭，要良彥給祂看。就在良彥傾斜宣之言書方便黃金觀看的瞬間，淡墨色的神名瞬間散發出藍綠色光芒，宛若在告知什麼訊息。

「咦？剛才的是……？」

良彥忍不住揉了揉眼睛。是光影的問題？還是眼睛的錯覺？當良彥再度窺探宣之言書時，書頁上只剩下熟悉的淡墨色神名。

「……這是紀伊國造之祖的神名。」

黃金沒有理會滿心詫異的良彥，如此告知。

聞言，大國主神暗自瞪大眼睛。

「紀伊國造？」

良彥反問，黃金用黃綠色的眼睛堅定地望著他。

「天道根命，在和歌山守護神鏡的神。」

⛩

「紀國，後世稱之為紀伊國的和歌山，在現代被京都及奈良等地搶了風采，所以不怎麼顯眼。不過，舉凡熊野及高野山等地，都還留有濃厚的信仰色彩。」

宣之言書出現神名的隔天，良彥與黃金一同前往和歌山。搭乘在來線，約兩個半小時即可從京都抵達和歌山。單程車資一千五百圓是筆不小的花費，但是搭乘特快車得花上兩倍的錢，相較之下已經算便宜了——良彥一面如此說服自己，一面購買車票。抵達和歌山站，轉搭當地的貴志川線，在第二個無人車站下車之後，目標神社便近在眼前。水路環繞的神社面積廣大，兩側是幼稚園及國中，到了運動會的季節想必是熱鬧非凡。

「神代，我以饒速日命的護衛身分自高天原下凡，來到此地。距今兩千六百多年前，我奉神倭伊波禮毘古命之命，在此地奉祀兩面神鏡，治理紀國。」

穿過正面的大鳥居，往左手邊望去，可看見吊著燈籠的神樂殿。以年代久遠的楠樹為首，各種樹木在神社境內開枝散葉，良彥等人在樹枝如隧道般覆蓋的參道上前進片刻之後，便看見了親自出迎的祂。

「神倭……伊……咦？」

越往神社境內的深處走去，樹林就變得越為茂密，鬱鬱蔥蔥。面對在鋪了白色碎石子的參道上神氣地這麼說的神明，良彥忍不住把手放在耳邊，如此反問。

盛夏的午後，境內的氣溫隨著時間上升，似有若無的微風不斷攪動炙熱的空氣。籠罩周圍的蟬鳴聲已經吵得讓良彥聽不清楚，像這種冗長的名字可不可以取個好懂的暱稱代替啊？

「神倭伊波禮毘古命，就是現在所稱的神武天皇。其實伊波禮毘古這個名字是進入大和以後才有的稱呼，當時祂是被稱為若御毛沼命或狹野尊。」
良彥腳邊的黃金用黃綠色雙眼望著他。
「神武天皇……」
良彥喃喃說道，打開他帶來的文庫本《古事記》。他現在讀到接受大國主神禪讓的邇邇藝命結婚那一段，尚未讀到神武天皇登場的段落。即使如此，那也是兩千六百多年前的往事。
「不過，現在就算年代再久遠，我也不驚訝了……」
良彥可不是徒有差使的虛名，就連大國主神都會登門拜訪他。
話說回來，他這回出門辦理差事，大國主神只是悠哉地說了句「我幫你看家」，依然不肯離開，這一點倒是讓良彥頗感不安。
「讓我驚訝的反而是……祢就是天道根命吧？」
良彥從《古事記》中抬起視線，再度望向迎接自己的神明。
「是啊，怎麼了？」
眼前的神明詫異地歪著頭，良彥從自己為數不多的語彙中，找出剛見到祂的那一瞬間感受到的印象。
「該怎麼說呢……太像神明了。」

奉命奉祀日像鏡與日矛鏡兩面神鏡，而本身也坐鎮於這座神社的天道根命，就和良彥從前認識的一言主大神及泣澤女神一樣，變成國高中生一般的年輕外貌；但祂身穿帶有光澤的開襟白衣與同色的寬袴，手腕和小腿都綁著水藍色細繩，腰間圍著鮮豔的紅布，並佩帶嵌了各色寶石的金鞘寶劍，脖子上戴著串了翡翠勾玉的項鍊，髮型則是將頭髮分邊後在兩耳旁束起又往下垂落的美豆良髻（註3）。這是良彥在書上或電視上常見到的神明裝扮。

「有什麼奇怪的地方嗎？」

天道根命察覺到良彥打量的視線，連忙環顧自己的服裝。從枝葉縫隙間灑下的陽光在祂的白衣上晃動，同時也在生苔的地面畫下圖案。

「不，不是奇怪，是太有神明的風範了，反而讓我嚇一跳……」

良彥過去遇見的神明，不是穿著古裝劇中常見的和服，就是穿著現代人的服裝。他是頭一次遇見穿得這麼有神明風範的神明。

「……哎，我最近遇見的神明，有的穿著ＪＡ外套，有的去觀摩巴黎時裝秀，結果品味變

註3：みずら，又寫作「角髮」，日本上古時代的貴族男性髮型。

得很詭異。或許這樣才是正常的……」

如果每尊神明都穿成這樣，可就一目了然。

「最近有些神明會嘗試多樣化的裝扮風格……我是屬於保守派的。」

面貌宛若少年的天道根命露出諷刺的笑容。

「即使凡人看不見我們，神明還是要有神明的樣子。」

「這句話我真想讓那尊穿著連帽上衣在我家看漫畫的神明聽一聽……」

但以祂的情況而言，或許是因為常上街，以被凡人看見為前提，才會選擇那種服裝吧？

「呃，對了，我是來辦差事的，祢有什麼差事要吩咐嗎？」

良彥收拾心緒，切入正題。無論交辦差事的神是做什麼裝扮，他都得完成自己的任務。

「差事？」

天道根命一臉訝異地反問，並盤起手臂思索。

「凡人祭神不足的情況越來越嚴重，在這樣的世道下，神明難免會有些不便之處，所以大神派遣差使來替祢分憂解勞，有什麼事祢可以儘管吩咐。」

天道根命望著如此訴說的黃金，思索片刻後，對良彥露出爽朗的笑容。

「沒有。」

聽到這個簡潔有力的答案，良彥一瞬間以為自己聽錯了，不禁張大嘴巴、歪頭納悶。見狀，天道根命又說了一次。

「我沒有差事要麻煩差使兄代勞。」

「咦……沒有……？」

良彥忍不住和黃金互看一眼。他是頭一次遇上這種狀況，沒想到前來詢問有什麼差事要交辦，得到的答案竟是「沒有」。

「什麼事都行喔！祢沒有任何困擾嗎？」

「是啊！既然宣之言書上頭浮現祢的名字，應該就是有事要交辦，大神才會派我來吧？」

良彥附和好言相勸的黃金，拿出書頁上浮現天道根命名字的宣之言書給祂看。大神總不可能弄錯吧？

然而，天道根命卻帶著平靜的眼神，緩緩地搖了搖頭。

「黃金老爺、差使兄，我是神。雖然近年來，我的力量的確衰弱許多，變得力不從心，但是為神者就該接受現實。我並不想抗拒時勢。」

天道根命用宛如葉片拍擊般輕快但沉穩的口吻說道，並深深地垂頭致謝。

「害兩位白跑一趟，實在過意不去。回程請多小心。」

天道根命用右手指示歸路，良彥不禁愣在原地。他沒想到會碰一鼻子灰。

「呃，可是……」

「又有何妨？良彥。」

黃金開口打斷困惑的良彥。

「既然沒有差事，那就再好不過了。天道根命，打擾了。」

說著，黃金朝著參道出口邁開腳步。

「這樣沒關係嗎？真的假的？」

良彥一面回首望向笑著揮手的天道根命，一面追上黃金。站在良彥的立場，不必為了差事奔波，當然是件可喜的事；可是，宣之言書上清清楚楚地浮現了祂的名字，卻這麼輕易就打退堂鼓，沒問題嗎？

「別擔心，有事祂自會來找你。」

黃金似乎察覺到什麼，小聲地這麼說。

穿過樹葉茂密的參道，回到社務所所在的廣場，視野便倏然開闊起來。回頭一看，環抱神社的境內看起來宛若被綠意覆蓋的森林。神社之前就是縣道，但是一進入神域之中，便聽不見車水馬龍的喧囂聲，實在不可思議。

「……欸，我們真的就這樣回去啊？」

藍天之中，宛若凝結過的太陽帶著炙人的熱度散發光芒，良彥不時舉手遮擋陽光，望著毫不遲疑地穿過神社境內、步向車站的黃金。他是抱著辦理差事的打算來到此地，難免有種不完全燃燒的感覺。

「就算我們想回去，祂也不會放人的。」

黃金在紅綠燈前停下腳步、等著橫越國道時，嘆了口氣說道。

「你的工作來了。」

說著，黃金用鼻尖指著前方。

只見通往車站的小路邊，有道可疑的人影從停駐的車子後方偷偷摸摸地窺探他們。

那人的頭上蒙著黑布並在鼻子下打了個結，臉上戴著復古的方形墨鏡。雖然臉藏得密不透風，身體卻完全沒有遮掩，白色衣袴、勾玉項鍊和腰間佩帶的寶劍全都一覽無遺，顯然是剛剛才見過面的天道根命。

「……好像挺麻煩的。」

看見那道繞路攔截的身影，良彥不禁板起臉來如此嘀咕。

距離神社最近的車站，是當地電車的無人車站，沒有建蓋車站大樓，只有個短短的月台如島嶼般矗立在兩條軌道的正中央。站在月台上，沿著鐵軌放眼望去，可看見被炎炎夏日晒得發燙的軌道緩緩地向南畫了個弧形。電車一小時只有兩班，良彥查看時刻表，得知駛往和歌山站方向的電車剛開走，還得再等三十分鐘才有下一班車。除了良彥以外，月台上沒有其他候車的乘客。此處雖有屋簷的陰影，但是風勢依然微弱，悶熱的空氣支配四周。

「換句話說，祢不方便在那裡說？」

良彥坐在月台的長椅上，瞥了並未拿下頭巾和墨鏡的天道根命一眼。良彥跟祂搭話時，祂先是警戒周圍，示意良彥安靜後，才用忍者般的步法衝上月台。祂何不乾脆轉行算了？

「神社境內有兩座奉祀鏡子的大社。此外，兩座相殿（註4）裡分別供奉了兩尊及三尊神。不只如此，境內還有許多攝社與末社。換句話說，有眾多神明坐鎮其中。我怎麼能在境內提起自己的窩囊事呢？」

天道根命拒絕在長椅上坐下，躲在鐵柱後方，不時警戒地瞥向神社的方向。

「我身為紀伊國造之祖、身為神明，一直很注重自己的言行舉止；既然受到奉祀，就該保持神明應有的風範。這樣的我，豈能當場說出我有困難，需要人類幫助呢？即使面對的是差使亦然。」

「這麼說來，祢果然有困難嘛！」

「差使兄，你太大聲了！安靜！」

被天道根命這麼糾正，良彥只得悻悻然地閉上嘴巴。都已經距離神社這麼遠了，還需要竊竊私語嗎？

「好了，祢這麼大費周章地瞞著其他神明，究竟想交辦什麼差事？」

黃金啼笑皆非地豎起耳朵問道。祂雖從天道根命的反應瞧出端倪，但沒料到得玩這種忍者遊戲。

天道根命小心謹慎地環顧四周之後，才靜靜地開口說道：

「……我知道這是個難題，可是，我想請差使兄替我找人。」

「找人？」

良彥皺起眉頭，天道根命迅速靠近長椅，從懷中拿出一個木盒，慎重地打開蓋子，並小心

註4：同時奉祀兩尊以上神明的社殿。

翼翼地掀開裡頭的濃紫色布料。

「……這個……是什麼？」

良彥窺探內容物，歪頭納悶。

盒子裡裝著一根二十公分長的棒狀物體，應該是用動物的角或骨頭製成的，上頭刻著複雜的花紋，其中一端附著貝殼削成的白色圓形裝飾品，整體看來有些泛茶褐色，似乎年代久遠。

「這是……簪？」

黃金詢問，天道根命垂下眼睛，點頭稱是。

「不瞞兩位，最近我常夢見插著同樣髮簪的女子。」

「夢？」良彥確認似地反問。

「對。不知道是從什麼時候開始，我幾乎每晚都作一樣的夢。夢裡有座小山，山下是一片反射著陽光的美麗大海，還有一陣舒爽的風吹過。我和那名女子站在山頂上，她突然對我說：『別忘記。』……」

天道根命仰望天空，宛若在描繪只有祂才看得見的風景。

「很遺憾，由於逆光，我看不清她的臉；她說的話，除了那一句以外，我也都聽不清楚。因此，我完全不知道她是誰，也不知道她要我『別忘記』什麼。」

盛夏的陽光灑落在月台的褪色導盲磚上，閃耀著白光。天道根命嘆了口氣，望向良彥。

「這髮簪在我奉神倭伊波禮毘古命之命治理紀國時，就已經在我的手上。不過，最近那陣子的記憶變得模糊不清，我連這髮簪究竟是什麼來頭、是不是我的，都想不起來……」

天道根命輕輕地拿起髮簪，簪上的裝飾品是用七片打薄的貝殼疊合而成，風一吹便會互相撞擊，發出金屬般的清脆聲音。

「……和風鈴的聲音很像。」

良彥坦白地說出感想。雖然和金屬鑄造品的音色不同，但是南方島嶼的禮品店裡應該有賣類似的物品。

「如果這是神倭伊波禮毘古命時代的物品，應該是身分高貴之人所配戴的髮簪。之所以做成能夠發出聲音，或許是為了宣告髮簪的主人到來。」

黃金興味盎然地動了動耳朵，聆聽髮簪的聲音。

「宣告主人到來？」

「就是宣告達官貴人就在附近的意思。這麼一來，只要聽見聲音，就能立刻讓路、垂頭恭迎，對吧？否則根本無須設計成能發出聲音。」

聽了這番說明，良彥點頭讚嘆：

「原來如此。這麼說來，也有鈴鐺的作用囉……」

古裝劇裡也有將軍前往大奧（註5）時鈴聲大作的場景，莫非兩者是同樣的意思？

良彥再度將臉龐湊近，興味盎然地打量髮簪。無論是簪身上的雕刻或是裝飾品的加工，即使從現代人的眼光來看，亦是相當精細。

「雖然我不知道這根髮簪的由來，但是有一件事我可以確定。」

此時，良彥發現望著髮簪的天道根命的手正微微顫抖著。

「……我很害怕。」

少年樣貌的神明用嘶啞的聲音喃喃說道。

「我很害怕這根髮簪。我不知道自己為何如此害怕，可是每次一想到這根髮簪，我都會感受到一股深不見底的恐懼。」

話剛說完，天道根命突然呼吸紊亂，手抓著胸口，當場跪了下來。墨鏡也因此掉落，在月台上發出清脆的聲響。

「喂，祢沒事吧？」

良彥連忙用手搭著祂的背部。身穿白衣的背部比想像中的更加單薄瘦弱。

「沒事……只是我有時候一想起這根髮簪，便會變成這樣……」

「變成這樣……」

良彥要天道根命放慢呼吸，以平息這種類似過度換氣的症狀。雖然天道根命說得像是習以為常，但是一想起髮簪就會出現這種症狀，顯然不尋常。

良彥從天道根命手中接過白色髮簪打量，乍看之下並沒有任何妖邪之氣，但既然是神明的東西，應該來頭不小吧？

「或許這髮簪是夢中那名女子的東西……」

天道根命緩緩撐起身子，並微微一笑，表示祂已經不要緊了。翡翠勾玉在祂的脖子上反射出黯淡的光芒。

「我覺得她要我『別忘記』的事，和我對這髮簪感受到的恐懼，應該有某種關聯。」

「可是……那只是夢吧？」

良彥把髮簪放回木盒，抓了抓冒汗的腦袋。夢裡的事物不見得和現實有關，如果祂持續作同樣的夢，或許該建議祂去接受心理治療。

註5：江戶城裡將軍的妻妾居住的地方，將軍以外的男人禁止進入。

「那的確是夢。不過，為何夢中會出現同樣的髮簪？她插的髮簪就在我的手中，而我不知何故，覺得這髮簪很可怕。這樣的狀況，能用一句『巧合』帶過嗎？」

「嗯，經祢這麼一說……」

聽天道根命如此反駁，良彥不禁沉吟起來。也難怪祂認為這個夢別具意義，不過，或許只是祂日有所思、夜有所夢，正好夢見熟悉的髮簪也說不定。

「我是以饒速日命的護衛身分下凡的天津神，也是被稱為紀伊國造之祖的神明，這樣的我居然沒來由地感到害怕，為了出現一名女子的夢而煩惱，實在太窩囊了，我根本不敢對別人說……別說是在同一座神社內受到奉祀的神明，就算和附近的眾神聚會，我也沒提過這件事。所以，我無法當場說出我想交辦的差事。」

良彥五味雜陳地望著垂頭喪氣的天道根命。聽完祂的說法，良彥倒也不是不能理解祂的自尊心。祂一心想保持神明的風範，結果反而作繭自縛。再說，祂的力量及記憶之所以衰退，是因為人類祭神不足之故，如果世人對於神明都是感謝多於許願，或許祂就不會落到這般田地。

「既然身為神明，被供奉在神社裡，我就必須保持神明的風範，可是，現在的我卻變成這副德行……」

天道根命撿起掉落在地的墨鏡，深深地嘆一口氣。

「在這種進退維谷的狀態之下以神自居，我實在於心有愧。我失去記憶，連她要我別忘記什麼都想不起來，甚至抵抗不了心中萌生的恐懼……」

「不，哎，祢不用這麼貶低自己啦……」

「不！這是很嚴重的狀況！」

天道根命打斷試圖勸解祂的良彥，猛烈反駁：

「請你想想！神社裡供奉的神明，如果是個喪失記憶的廢物，你有何感想？」

「不，那是因為人類祭神不足……」

「這的確也是原因之一，但是身為神明，能把全部過錯都推到凡人頭上嗎？」

「這、這個嘛……」

良彥為天道根命散發的魄力震懾，一時語塞。他本來以為天道根命是保守派的忍者系神明，原來內在是超級頑固，而且一激動起來就很棘手的類型。

「一切都是因為我的能力不足，是我不求上進、缺乏鍛鍊……我無顏面對紀國父老！」

「這是上進和鍛鍊能夠解決的問題嗎……？」

良彥無視陷入自我厭惡中的天道根命，在一旁小聲地詢問黃金。他覺得這種說法就和用毅力治病差不多。

「無論是再高位的神明，都無法對抗力量衰退。不過，哎，祂大概是太有責任感了吧。」

黃金豎起耳朵，那雙黃綠色眼睛再度望向天道根命。

「只不過，祂似乎格外……」

「格外？」

良彥反問，黃金沉默下來，思索片刻之後，搖了搖頭。

「不，或許是我想太多了。」

黃金難得會含糊其詞，良彥不禁對祂投以意外的目光。天道根命逮住這一瞬間的空檔，用那隻纖細的手臂抓住良彥的襯衫。

「差使兄，求求你！請替我找出夢中的髮簪主人！只要知道她是誰，應該就能知道她要我『別忘記』什麼，以及我為何對這根髮簪感到恐懼！」

「……咦？要找只在夢裡見過的人？」

良彥險些順口答應，又及時冷靜地發現這有多麼困難。

「線索未免太少了吧！而且，我們既不知道她是否真的是這根髮簪的主人，也不知道她是神或人，搞不好她已經不在人世。再說……」

良彥思索著該怎麼接下去才好，變得有些結結巴巴。

「既然祢感到害怕，或許正代表那不是美好的回憶，說不定別追究……比較幸福。」

比起夢境這類模糊的資訊，良彥更掛懷的是這個部分。都已喪失記憶，卻仍然懷抱著恐懼感，這樣看來，等待祂的顯然不會是快樂的結局。

「搞不好會是讓祢覺得不如別知道的結果，這樣祢也無所謂嗎？」

良彥警告似地問道，天道根命的視線微微搖曳，隨即又帶著堅定的眼神點了點頭。

「無所謂，我已經做好覺悟了！」

「真的假的……？」

在那道純淨目光的直視之下，良彥不禁沉吟起來。天道根命的覺悟的確令人敬佩，但是良彥根本想不出方法來找出夢中的女子。就算那個夢是天道根命過去體驗過的現實，當年在世的女子若是人類，早已死亡了；若是神明，也有可能已經返回高天原。

「至少這根髮簪在我奉神倭伊波禮毘古命之命統治紀國時，就已經在我的手上。只要調查那時候的事，一定能找到線索！」

天道根命抓著良彥的衣服，用絕不讓步的氣勢滔滔不絕地說道，似乎已經忘了得避人耳目。看來祂相當急切。

「要把兩千六百多年前的往事翻出來，可不是件容易的事。」

黃金用黃綠色的眼睛瞥了良彥一眼，良彥露出不快之色。這種事，身為無力凡人的他再清楚不過。

「要是黃金的肚子上有四次元口袋就好了……」

如果光靠銅鑼燒就能解決問題，不論要花多少銅鑼燒他都肯買，但目前這隻毛啦A夢並不具備這種功能。

「我也覺得自己提供的情報太少，很過意不去，所以會全力幫忙的！」

天道根命終於放開良彥的T恤，一臉歉意地說道。接著，祂改為硬生生地牽起良彥的手說：「這件差事就有勞你了。」

在祂熊熊燃燒的炙熱雙眼凝視之下，宣之言書散發的光芒從良彥的斜背包中傾瀉而出，宣告差事受理了。

二

「該從哪裡著手調查啊……」

徵得天道根命的同意後，良彥先替髮簪拍了張照片，再返回和歌山站。他看著智慧型手機螢幕映出的髮簪，深深地嘆一口氣。

「既然接下差事，你只能全力以赴。」

時間剛過下午兩點，和歌山站站區裡有著坐擁許多時裝店面的商業大樓，而且相鄰的轉運站裡也有百貨公司，因此平日的人潮並不少。隨處可見觀光客們仰望著告知下一班發車時間的電子布告欄，或是在物色伴手禮。

見到黃金事不關己的態度，良彥又嘆了一口氣。

「你說得倒簡單，但要怎麼調查兩千六百多年前的事啊？祢可以變出時光機嗎？」

「時光機是什麼？好吃嗎？」

「……我想應該不好吃。」

良彥喃喃地反駁毛啦Ａ夢，思考著今後該怎麼做。關於夢中女子的情報過少，而且太過籠統，根本無從找起，還是針對現在仍留有實物的髮簪來找較為妥當。或許這麼做，便能順藤摸瓜地找到那名女子。從神社歸來的路上，良彥只想出參觀博物館這個點子。不知道在博物館裡可以找到什麼線索？如果有熟知當年史料的館員在就好了。

「和歌山縣立博物館……啊，旁邊還有市立博物館。」

良彥用智慧型手機找出官網，確認路徑。昨晚他忘記充電，剩餘電量有不足之虞，因此他迅速地進行搜尋。縣立博物館附近還有和歌山城，看來和歌山的市區並非位於天道根命的神社所在的內陸方向，而是夾著車站往靠海的方向延伸。

「我打算先去博物館看看……」

良彥回頭徵詢黃金的意見，見祂的模樣有些不自然，不禁歪頭納悶。

「……祢幹嘛把耳朵翹起來？」

雖然黃金的身體的確朝向良彥，鼻尖也抬了起來，看起來像是認真在聆聽良彥的話語，可是祂的三角形耳朵卻頻頻擺動，往良彥的反方向翹。

「什、什麼意思？我正在聽你說話啊！」

黃金連忙辯解，但是雙耳又朝著後方擺動。是什麼聲音吸引了祂的注意力嗎？良彥也豎耳聆聽，這才察覺到站內廣播正在介紹車站大樓裡的店鋪：提供剛出爐的美味麵包……和歌山名產中華拉麵名店開幕……紀州名產烤魚板，是您最佳的伴手禮選擇……

「……祢還是老樣子。」

或許該說是心事全寫在臉上吧？黃金的耳朵違背了祂的意志，藏不住祂真正的心思。

「你、你在胡說什麼！不是要去什麼博物館來著的嗎？快走吧！」

「咦？平時的祢在這種時候一定會吵著要吃東西，再不然就是自行跑到店門口待命，今天怎麼轉性啦？」

「什麼叫平時的我！活像我是個貪吃鬼一樣！」

「祢就是啊！那才是祢的本性嘛！」

正當一人一神爭論時，良彥手中的智慧型手機響起。良彥一面牽制黃金，一面確認液晶螢幕，發現上頭顯示一個陌生的號碼。

「……是誰啊？」

雖然良彥不想接電話，但若是急事可就麻煩了，因此他還是按下通話鍵，慎重地接聽。

「……喂？」

『啊，你總算接聽了。欸，《源氏物語》我看完了，現在閒著沒事幹。』

從話筒傳出的熟悉聲音，令良彥忍不住雙腳一軟。

「……祢還在啊？」

見了良彥的反應，黃金似乎察覺到什麼，帶著五味雜陳的表情動了動耳朵。

『我不是說過要替你看家嗎？先別說這個，我突然想重溫一下《萬葉集》，你家有嗎？漢文或白話版的都可以。』

良彥知道大國主神有手機，但是不曾和祂交換電話號碼，也不知道祂是怎麼打來的。不過，既然祂是神明，難道不能直接在良彥的腦中說話嗎？

「很遺憾，我家沒有《萬葉集》，也沒有漢文書。」

話說回來，要是祂突然在人腦子裡說話，肯定會讓人陷入恐慌吧——良彥轉了念頭，用最精簡的話語回答。大國主神特地打電話來，就是為了問這種問題嗎？老實說，包含智慧型手機的電量問題在內，良彥現在根本無心陪祂聊天。大國主神察覺到良彥想掛斷電話，連忙說：

『不是、不是啦！雖然我讀完《源氏物語》以後想看《萬葉集》是真的，不過我打電話來，不光是為了這件事。我是想關心一下差事的進展。』

「哪有什麼進展？才剛開始而已。」

『天道根命交辦的差事是什麼？』

大國主神用興味盎然的聲調問道，本想回答的良彥停頓了一會兒才開口。簡單地說，祂就是閒著沒事幹，自己要是陪祂繼續聊下去，鐵定沒完沒了。

「黃金，大國主神在問天道根命交辦的差事是什麼。」

良彥把智慧型手機放在狐神的腳邊。黃金的耳朵很靈敏，不用開擴音應該也聽得見手機另一頭的說話聲。

「為什麼是由我說明？」

黃金不滿地抽動鼻子，電話彼端的大國主神不知在嚷嚷什麼，但良彥充耳不聞，指著背後的窗口說：

「我去那邊的觀光導覽所問問巴士乘車處在哪裡。」

出於好奇的問題能不能等到差事辦完以後再問啊？現在良彥必須努力挖掘線索才行。之前，高龗神曾要求良彥尋找幾千年前賜予童子的杓子，良彥也是費了好一番功夫和遙斗四處尋找。殷鑑不遠，他可不能在這裡浪費時間。

黃金目送良彥走向觀光導覽所後，垂眼望著放在眼前的智慧型手機。

「大國主神，這回的差事有什麼值得祢關心的地方嗎？」

祂特地來電詢問，想必有祂的用意吧？

面對黃金的問題，大國主神爽朗地回答：

『咦？哎呀，我當然關心啊！天道根命的名字在宣之言書浮現之後隨即出現的藍綠色光芒，祢以為我沒看見嗎？』

黃金輕輕嘆了口氣，瞥了良彥的背影一眼，確認他聽不見祂們的說話聲，才小聲說道：

「的確，那道藍綠色光芒正是用來通知神議的結果——透過這件差事，將決定良彥能否從代理差使升任為正式差使。換句話說，良彥能否升格，全取決於這件差事的結果。雖然我平時出於無奈和那小子一起行動，可是，這回可不能像以前那樣幫忙他，以免影響評價的正當性。思及這一點，也難怪祢會關心……不過，這真的是唯一的理由？」

說到這兒，黃金停了下來。祂瞇起眼睛，宛若要透過顯示通話時間的液晶螢幕看穿電話彼端的男神。

「聽見天道根命的名字時，祢刻意壓抑驚愕的模樣，祢以為我沒看見嗎？」

電話彼端的大國主神啞然無語，連氣都接不上來。

在兩神交談的期間，良彥來到觀光導覽所的窗口，向窗口的女性職員打聽前往博物館的巴士乘車處及路徑。

「要去縣立博物館的話，可以去西側出口的二號乘車處搭車；如果是要去市立博物館，就去三號乘車處……」

身穿灰色制服的五十來歲女性拿下臉上的眼鏡，對良彥投以同情的視線。

「但很遺憾，今天兩邊都休館。」

「咦？」

面對這種出師不利的狀況，令良彥瞠目結舌。

「可、可是，今天不是星期二嗎……？」

良彥記得博物館或美術館都是星期一公休。他正想用智慧型手機查詢行事曆時，服務窗口的女性搶先一步，將桌上型月曆轉過來給他看。

「今天的確是星期二，不過昨天星期一是國定假日，所以休館日順延一天。」

「真的假的……」

良彥恨恨地看向寫著「海洋節」的國定假日，開始沉吟。如果他早已計畫要去博物館，或許會事先調查清楚，但他是剛剛才決定要去，因此只能說是自己不走運。

「呃，請問有其他有開的設施嗎？不是博物館也行，比方說……民俗資料館之類的。」

良彥在希望渺茫的狀況之下發問，而窗口的女性果然搖了搖頭。

「這類設施今天全都休館。」

「我想也是……」

「你是要查資料？還是觀光？」

女性反問，試圖替良彥提供下一個去處的建議。她的表情和語氣都變得不那麼客套。

「可以學習紀川相關知識的設施倒是有開。」

「不、不，我不是要研究河川……」

紀川是良彥今早抵達和歌山站之前渡過的河川，同時是從奈良流向和歌山紀伊水道的一級河川。不過，良彥的目的和這條河川沒有任何關係。

轉眼間便失去目的地的良彥瀏覽著貼在導覽所的海報及傳單，尋找有無可以替代的去處。和髮簪有關，就是民俗學囉？或是從年代考量，算是考古學？良彥連該從哪個面向著手調查都無法決定。

「咦？」

良彥拿不定主意，有些手足無措，此時，他的視線停留在貼在窗口旁的一張海報上。

「風鈴祭……？」

海報上是形形色色的風鈴吊在一起的照片，並用流暢雅致的字體寫著「風鈴祭」這三個字。照片中的風鈴有的是金屬鑄造品，有的是玻璃製品，有的則使用了帶有魚形裝飾品的貝殼。加工成圓形的貝殼相連的模樣，和那根髮簪上的裝飾品極為相像。

「哦，那是海南市的祭典，託我們代貼海報。」

窗口的女性對憶起髮簪音色的良彥說明。

「那本來是神社的祭典，現在好像是商工會議所為了振興地方觀光而主辦的活動。」

「神社的？」

良彥對這個單字有所反應，回頭看著女性。一聽見神社或神明，他便會不由自主地做出反應，畢竟他是聽從神明吩咐、辦理神明差事的人。

「對，聽說是市內某座有點歷史的神社……」

女性站了起來，從窗口探出身子，觀看海報。

「其實當地的名產並不是風鈴，而是漆器；但是為了配合祭典，每年都會製作上了漆的玻璃製風鈴。」

女性重新戴上放在手邊的眼鏡，翻閱著看似導覽手冊的小冊子。

「一開始的起源好像不是風鈴，而是熊野詣（註6）的香客留下的驅熊鈴。」

良彥重新端詳海報，那根髮簪閃過他的腦海。

「鈴鐺啊……」

註6：意指前往熊野本宮大社、熊野速玉大社、熊野那智大社三地參拜。

如果真如黃金所言，那根髮簪可能是身分高貴之人配戴的物品，那麼朝聲音這個方向著手調查似乎也不壞。前往那間神社，不知能不能找到線索？海報上說祭典是始於八月，現在尚未開幕，不過，如今他為意料之外的休館日挫了士氣，連該往何處都拿不定主意，或許前往一探是個不錯的選擇。

「如果你需要的話，這個也拿去吧。」

良彥接過女性遞出的海南市傳單，道謝過後便離開。從差事的內容看來，並不是一朝一夕就能完成，他現在只能逐一探訪可能尋獲線索的地方。

「電話講完了嗎？」

良彥回到黃金身邊時，黃金正好用肉趾靈巧地按下結束通話鍵。

「沒什麼重要的事，祂只是閒得發慌，打電話來調侃你。」

黃金回答，完全沒暴露剛才的談話內容。

「果然是這樣。大國主神都說祂很忙、有煩惱了，幹嘛還來管我啊？」

祂到底要看家到什麼時候？既然聲稱要看家，大概會一直待在房間裡，直到良彥回來吧。

「先別說這個，你決定要去哪裡了嗎？」

黃金催促似地問道，良彥點了點頭，並仰望駛向海南的電車時刻表。

從和歌山站駛經紀三井寺等觀光勝地後，第四站就是海南站。根據從觀光導覽所的窗口拿到的傳單，這裡的沿海地區有坐擁遊艇港等設施的和歌山遊艇城，特產是黑江地區的漆器，並有許多關於熊野詣的史蹟，對於良彥而言都是從未聽過的事物。良彥本來就鮮少離開京都一帶，和歌山給他的印象只有白沙灣、貓熊以及橘子。

「……一般人應該不會想追究自己害怕的事吧？」

搭上當地電車後，不知是不是由於時段之故，車廂內的大半位子都是空的。良彥對著用肉趾抵住車窗、眺望窗外的黃金背影如此說道。

「你在說天道根命？」

黃金問道，並沒有回頭。良彥點了點頭。

在移動期間，良彥一直在想這件事。雖然忘了別人囑咐自己「別忘記」的事難免會心焦，但天道根命提起髮簪時，害怕到引發過度換氣症狀的地步。既然如此，祂何不乾脆無視夢境，忘記髮簪之事？

「我只是在想，為什麼要去揭開自己害怕得不得了的事？在遺忘記憶的現在就已經怕成那樣子，要是想起來，鐵定更加害怕。」

良彥隔著黃金柔軟的腦袋望著窗外的風景。猶如快轉影片般流過車窗之外的景色，不是都會裡林立的高樓大廈及公寓，而是閑靜的田園及住宅區。

換作良彥，對於害怕的事必定是避之唯恐不及，但是天道根命偏偏一腳踩進去。見到祂摀著胸口、拚命克制恐懼的模樣，良彥心中萌生了些微的困惑，不知道是否該完成這件差事。天道根命說祂身為神明，必須克服恐懼，但是一想到完成差事之後等待祂的不是喜悅與快樂，良彥就提不起勁。

「……這固然是出於身為神明的責任感……」

黃金動了動耳朵，瞥了良彥一眼。

「或許對於現在的天道根命而言，對髮簪感到恐懼只是微不足道的小事。只要能夠找回隱藏在背後的遺忘記憶，祂在所不惜。」

電車途中抵達了紀三井寺站，車裡半數的乘客都下車了。黃金望著月台上的行人，隨意搖動的尾巴輕撫良彥的膝蓋。

「遺忘記憶……」

在重新開始行駛的電車中，良彥思考著天道根命遺忘的記憶。那是他壓根兒無法想像的事。如果天道根命過去真的見過夢中那名插著髮簪的女子，那麼，她究竟住在天道根命記憶中的哪個地方？他們是何時相識的？為何分離？還有，她想告訴天道根命什麼？

他們抵達的海南站，是個面積雖小卻還算新的建築物，車站大樓與店鋪並未合併在一起。良彥走出唯一的驗票口，看見眼前有間販賣海南市特產的物產店，還有人坐在長椅上休息。這裡是下了電車之後的必經之途，分別通往東側出口與西側出口。

「接下來要去哪裡？」

黃金一面快步追上走出驗票口的良彥，一面用黃綠色眼睛望著他問道。

「我想先去原本主辦風鈴祭的那間神社看看……」

說來遺憾，手上的傳單並未詳細記載神社的所在地，既然如此，最好的方法就是詢問當地人。良彥立即採取行動，走向眼前的物產店。

「不好意思。」

良彥向櫃檯邊工作的兩人組之中距離較近的年輕男人攀談。

「聽說這附近有間舉辦風鈴祭的神社……」

良彥的詢問聲變得越來越小，最後中斷了。他毫不客氣地打量著自己隨口搭訕的男性，而對方也和他一樣，帶著驚訝與困惑交雜的表情凝視著良彥。

「咦……大野？」

不久後，良彥確認似地呼喚男子的名字。

「你認識他？」

黃金詫異地仰望良彥。

「咦？大野，你認識他啊？」

同樣在工作、看似上司身分的年長男性察覺兩人間的異狀，走了過來。

「……萩原？」

困惑地看著良彥的男子似乎也想起來了，說出這個名字。

⛩

良彥在高中棒球社的時候，常與府內、市內甚至外縣市的強校進行練習比賽。當時，傑出的選手往往廣受其他學生矚目，而其中最吸引良彥目光的，便是就讀和歌山縣內身為甲子園常客的某高中、與良彥同年紀的大野達也。

達也是負責守備二、三壘之間的游擊手，他不光是善於接球，還能洞察機先，表現出不似高中生的流暢守備動作，聽說連職業球團都對他青眼有加。當時身為三壘手的良彥由於守備位置相近，每當攻守交換、回到休息區時，總會觀察達也的舉手投足。

「風鈴祭啊？是發祥於春日之森的神社……」

聽了良彥的問題，達也的上司用白白胖胖的手捧著臉頰，歪頭說道：

「你找那間神社做什麼？」

這間位於車站站區內的物產店，販售黑江的紀州漆器等海南市特產，聽說是由海南市的商工會議所經營的。達也現在是那裡的職員，剛和上司一起搬運新上架的商品過來。

「今天神社有什麼活動嗎？」

「不，應該沒有。」

達也和看起來像個好好先生但事事都要過問的上司正好相反，回答得相當簡潔有力。他的態度和良彥高中時所見的一模一樣，沉默寡言、不說話時看起來似乎在生氣這幾點，至今依然沒變。

「也不是要做什麼啦……其實我是在找這根簪的主人。」

良彥對兩人展示用智慧型手機拍下的髮簪照片。

「風一吹這根髮簪就會發出悅耳的聲音。這是很古老的東西，有可能是以風鈴或鈴鐺為原型製成的，所以我才想去那間歷史悠久的神社問問看……」

良彥原本寄望的博物館今天休館，他目前沒有任何線索。黃金說這應該是達官貴人的物品，可是現在連主人是神或人都不知道。

「畢竟是兩千多年前的東西了，就算已經化為塵土也不足為奇。」

黃金把腳搭在櫃檯上，明知對方聽不見，卻仍然如此說道。

「這髮簪怎麼了？」

望著智慧型手機畫面的達也上司，一臉詫異地詢問良彥。

「啊，呃……是、是住在和歌山的……親戚的東西……」

「親戚的？那為什麼是你在調查？」

「……因為……」

被達也的上司這麼一問，良彥沉默了數秒。也對，只要想想，就知道別人可能問起他調查的理由，但是良彥竟然忘了事先擬定對策。總不能說是天道根命拜託他找的吧！

「該怎麼說呢？就是……」

在達也上司興味盎然的目光凝視下，良彥不禁視線游移。下方還有一雙黃綠色眼睛投以糾纏的視線，令他無處可逃。

「……那、那個親戚生病，不能走動，所以由我代替……？」

良彥宛若快嘔血似地從喉嚨擠出聲音，同時痛切體認到自己的即興演出能力有多麼差勁。連他自己都想：我就不能撒個高明一點的謊嗎？

「所以是生病的親戚拜託你幫忙？」

然而，一反良彥的苦惱，達也的上司一臉同情地探出身子。

「其實他很想親自去找，但是身體不聽使喚，家人也認為不可能找得到，反對他繼續找下去……所以才拜託你幫忙？」

「啊，欸，呃，嗯，可以這麼說……」

面對開始發揮想像力的達也上司，良彥嘴上一面同意一面後退。

「我希望能夠幫上他的忙……」

良彥發出乾笑，瞥了達也一眼，然而，達也依然保持沉默，表情沒有變化。期待剛重逢的他伸出援手，是否太強人所難？更何況達也本來就不是這種類型的人。

「那可不能拖拖拉拉的！得趁著伯父還活著的時候替他查出來！」

達也的上司隨著自己豐富的想像力起舞，頓時變得手忙腳亂。

「事情的發展越來越詭異……」

黃金在良彥身邊喃喃說道。

「這時候最好別反駁他……」

良彥維持嘴唇不動的狀態，喃喃說道。自己隨口胡謅的藉口，不知幾時間變成臥病在床、來日無多的孤獨伯父最後的請求。不過，只要別繼續被追問下去，用什麼理由都無妨。

「大野，你正好要去洋治那裡，順便載他去吧！」

達也的上司在臉孔前方拍了下手，彷彿在說他想到一個好主意。他的外表明明是個隨處可見的中年發福男性，動作卻相當女性化，該不會是那類人吧？

「不、不不不，這樣太勞煩了！再說，你們還在工作！」

良彥連忙制止。他可不想繼續瞎掰伯父臥病在床的故事，鐵定會穿幫。

「好，我知道了。」

然而，達也宛若完全沒聽見良彥心急的話語一般，極為乾脆地點頭。

「啊，咦？大野……」

「車子在這邊。」

達也冷靜地告知啞然無語的良彥之後，便朝著停車場邁開腳步。

⛩

「……啊，快沒電了。」

無法推辭的良彥坐上小貨車的副駕駛座。他為了確認時間而拿出智慧型手機，並如此喃喃說道。

今早還剩一半的電量如今已經降到百分之二十以下，應該是和大國主神閒聊造成的吧。當時果然應該立刻掛斷電話。

「置物箱裡面有。」

時間將近下午三點，車站前的車子很多，但還不到塞車的地步。握著方向盤順著車流行駛的達也視線朝向前方，如此說道。

車身側面印有商工會議所標誌的小貨車座椅坐墊很薄，坐起來並不舒服；不過後照鏡上掛著當地的吉祥物鑰匙圈，看來似乎頗受愛惜。

「置物箱……？」

裡面有什麼？良彥困惑地打開一看，發現裡頭除了各式各樣的傳單和地圖之外，還有可插在點菸器上的充電線。

「謝……謝謝。」

良彥道謝，將充電線插上點菸器，並連接智慧型手機。他難掩嘴角的笑意，忍不住吐氣似地笑了。

「……幹嘛？」

達也在駕駛座上低聲問道。看見他這模樣，良彥更覺得懷念，不禁抓了抓臉頰。

「不，我只是想起以前也發生過這種事。你不是曾借急救箱給我嗎？」

記得那是高中二年級的事。在練習比賽前進行暖身運動時，良彥的指甲撞上球，導致他的中指指甲裂開。當時，學弟把急救箱忘在交通車裡，良彥打算回停車場拿，達也看不下去，便將自己隊上的急救箱借給他。

「那時候你板著臉走過來，我還以為你要罵我咧。我的手指痛得厲害，你的表情又那麼恐怖，結果竟然拿了個急救箱給我。我還記得我那時候陷入了輕微的恐慌中。」

自此以後，他們的關係從單純的練習對手變成點頭之交，見面時總會聊上一、兩句。不過，由於京都與和歌山有段距離，他們並未深交；退出棒球社、自高中畢業時，良彥只輾轉聽說達也沒參加職棒甄選，進了大學。

「是有這件事。」

達也帶著比當年更為精悍的側臉，微微一笑。

「你現在還在打棒球嗎？」

既然達也在家鄉工作，代表他大學畢業時未能實現成為職棒選手的夢想。即使如此，還有許多可以繼續打棒球的方法。良彥記得和歌山也有業餘棒球隊。

「……不，現在沒打了。」

達也含糊地回答。

聽了他的回答，良彥有些意外，卻又有種突然被拉回現實的感受——他們已經不像當年那樣可以成天追著白球跑。而且，這正是良彥因為右膝的傷而痛切感受到的事實。

「你呢？」

「……咦？」

良彥一時聽不懂達也在問什麼，忍不住反問，隨即又發現他是在問棒球的事，連忙回答：

「哦、哦，我啊？我也沒打了，或者該是說不能打了。」

「不能打？」

「公司的棒球隊解散，我也辭職了。再說……我的膝蓋有傷，傷到半月板。」

良彥拍了拍自己的右膝。他本來以為面對過去的球友，自己一定開不了口說出受傷之事，但是面對達也，他卻輕易地吐露了，連他自己也感到十分驚訝。這固然是因為他們打從高中就認識，而他們現在都已經不打棒球，關係也不算親密，或許亦是原因之一。

「膝蓋啊……」

達也帶著恍然大悟的神色，靜靜地點頭。對於從事運動的人而言，膝蓋受傷往往會成為致命傷，這一點他很清楚。

「大野，你也是因為受傷才不打棒球的嗎？」

良彥詢問，達也面不改色，簡短地說了句「不是」。

「只是因為出社會，剛好告一段落而已。」

「這樣啊……」

像他這麼傑出的選手卻如此輕易地放棄棒球，似乎有點可惜。但是就如同良彥一般，每個人都有他自己的苦衷，即使是甲子園優勝隊伍的選手，也有許多人後來成為在企業裡工作的上班族。能夠成為職棒選手並活躍於第一線的人，事實上少之又少。

「別說這個了。剛才那是假的吧？」

聽了達也這句話，獨自沉浸於感慨之中的良彥抬起頭來。

「什麼？」

良彥毫無防備地反問，達也若無其事地說道：

「你說代替生病的親戚尋找髮簪的主人，那是假的吧？」

毫不客氣地踩著良彥大腿欣賞窗外景色的黃金微微回過頭來。

「啊，不，那是……」

良彥張開嘴巴，想找藉口，卻想不出任何藉口，只能吐了口氣。再說下去，他也沒把握能夠圓謊。

「……你怎麼知道？」

良彥尷尬地詢問。達也看起來似乎不怎麼在意，配合彎道轉動方向盤。

「你的視線游移得太厲害了。你從以前就是這樣，好事壞事都立刻寫在臉上，光看比賽前的練習，便能知道你當天的狀況好不好。」

達也在紅燈前停下車子，露出啼笑皆非的目光看著良彥。良彥覺得冷淡的他一點都沒變，原來自己也一樣。

「如果你繼續留在原地，我的上司就會一直雞婆下去。他人不壞，只是很容易暴衝。」

聽達也這麼說，良彥這才知道剛才他是特意帶自己離開。

「……對不起。可是，我不是有意騙人的。」

良彥立刻從實招來，再度拿起智慧型手機。

「我是真的在找這根髮簪。」

達也重新審視良彥秀出的畫面。

「剛才我就覺得這根髮簪看起來年代久遠。」

「嗯，好像是……很有歷史的家族流傳下來的東西。我本來想去博物館問問看，可是今天是休館日，所以才想去歷史悠久的神社碰碰運氣。」

「你幹嘛做這種莫名其妙的事啊？」

達也把手放在方向盤上，啼笑皆非地瞥了良彥一眼。

「哎，有一半算是工作啦！」

雖然沒有薪水——良彥嘀咕道。

這麼說來，他對大神提出交通津貼的問題也還沒得到答覆。說歸說，這不過是他單方面的要求罷了。

「這髮簪好像是在這一帶流傳下來的，你知道什麼相關訊息嗎？」

天道根命曾說祂一想起這根髮簪就覺得莫名害怕。既然會讓失去記憶的祂無來由地害怕，很可能是有什麼特殊來頭。

「我沒聽過……不過，洋治大哥可能知道什麼，你可以問問他。」

「洋治大哥？」

剛才在物產店，達也的上司也提過這個名字。

良彥反問，達也點了點頭。

「嗯，他是我們現在要去的那間神社的神職人員。」

三

與良彥、黃金道別後，打算返回神社的天道根命獨自佇立於交通流量龐大的大馬路前。祂必須立刻轉換心情，擺出紀伊國造之祖天道根命的風範，坐鎮於神社之中，但是，一股近似虛無感的情感侵蝕著祂的胸口。

「真是個不可思議的凡人啊……」

犯不著追究害怕的事物——差使的話語仍然殘留在耳邊，天道根命的嘴角不禁浮現微微的笑意。那位差使是個好心的凡人，擔心祂是否會受到傷害，不過，祂現在必須面對這股恐懼。

天道根命避開撐著洋傘迎面走來的女性，視線不經意地垂落腳邊。錯身而過的女性影子配合移動的身軀在柏油路上滑也似地前進，然而，祂身為凡人看不見的神明，地面上自然沒有祂的影子。這件理所當然的事突然讓祂感到不安。

「……我到底是誰……？」

沒有答案的問題消失於虛空之中。

以饒速日命的護衛身分一同下凡，奉神倭伊波禮毘古命之命成為守護紀伊國的國造之祖——這是祂所知道的天道根命的來歷，但是，現在對此已經無法確信。唯一可以確定的，就是神明必須拿出神明的風範指引凡人的絕對使命感。

為何自己身在此地？

為何被奉祀為神？

理由都是事後才找的，真相依然在迷霧之中。

天道根命凝視著自己的小手。祂沒有告訴差使，其實祂的記憶遠比差使所想像得還要模糊不清。那尊狐神應該發現了吧？現在這身裝扮，只不過是為了掩飾而穿上的「神明裝扮」。

一直隱瞞逐漸喪失記憶之事，扮演神明的角色，把天道根命逼向孤獨的深淵。隨著時光流逝，孤獨漸漸侵蝕了祂，祂無法對任何人吐露此事，只能讓苦惱占據心房。可是，祂不能吐苦水，力量衰退在現在的凡間是無可奈何之事。

祂必須以神明之姿……

以神明之姿……以神明之姿……

坐鎮於此地，存在於此地。

為了紀國，為了凡人。

然而，現在祂連這股使命感的出發點都已看不見。

「妳是誰……？那根髮簪是妳的嗎……？」

在盛夏的太陽底下，天道根命望著在柏油路彼端晃動的蜃景，靜靜地詢問夢中的她。

一想起這件事，祂就呼吸急促，怕得整個身體由內冷到外，但是，這種恐懼也是現在的祂唯一能夠確實感受到的記憶。因此，沒有忘記對髮簪的恐懼，讓祂鬆了一口氣。

自己還記得那名女子，以及那根髮簪。

既然如此，至少趁著自己仍與恐懼為伍時找出真相吧。即使其中包含再大的過錯與失敗，對於現在的祂而言，都是知悉自己過往軌跡的蛛絲馬跡。在記憶如薄冰般逐漸融化之際，或許這是祂所能做的最後抵抗。

天道根命微微地吁了口氣。

祂本來認為就這麼回到高天原也不壞。如果有一天，自己因為失去力量而無法繼續待在神社，必須悄然離開凡間，那也是無可奈何之事。

直到遇見那個人為止。

喂～！別放棄～！快跑～！

盛夏陽光下泛白的景色中，天道根命似乎看見如此大叫的那個人，不禁眨了眨眼。

那是和夢中的女子長得有點相像的凡人。

照料棒球少年們的年輕女性個性活潑開朗，若說天道根命正是因為偶然相識的她而決定面對自己的恐懼，那也不為過。

「……妳還記得這樣的我嗎？」

天道根命用嘶啞的聲音說出對那個凡人傾訴的話語。

替幾乎迷失自我的天道根命找回神的輪廓的人正是她。

天道根命挺起單薄的胸膛，深呼吸般地吐了口氣之後，用凜然的眼神望著神社的方向。

雖然不知道解開髮簪之謎後，等著自己的究竟是什麼樣的真相，但現在自己能做的就是待在神社裡保佑住在紀國的凡人們平安幸福，即使屆時祂會因為無法承受結局而離開凡間亦然。

天道根命邁開步伐，蘊含濕氣的夏風輕撫祂的臉頰，隨即又消失無蹤。

⛩

達也駕駛的小貨車在大馬路上行駛片刻後，彎進了幾條狹窄的小巷。只見一座小山丘突然出現於住宅區之中，達也將車停到山丘後方的停車場。一下車，壓倒性的巨大蟬鳴聲便一擁而上。日照依然強烈，風勢依舊微弱，流下的汗水緊緊黏附在身上。

從停車場爬上樹林間的緩坡，在如廣場般開闊的境內前方可望見建造於石墩上的拜殿。木造拜殿在風吹雨打之下變成了黑色，上半部的白色灰漿顯得相當醒目，前方擺了個符合今年干支的大繪馬（註7）。森林環繞的境內，四面八方都是蟬鳴聲，絲毫不像位於住宅區中。

註7：許願或還願時供奉在神社或寺廟的彩繪掛牌。

「髮簪？」

達也在隔著境內與拜殿相望的社務所前高聲呼喚後，只見一名身穿T恤和短褲的男人，踩著涼鞋大搖大擺地走出來。這名男子看起來約莫三十幾歲，皮膚黝黑，頭髮亂翹，不知是不是剛睡醒。如果達也沒說這個男人是宮司的兒子，還是神職人員，良彥根本看不出他是侍奉神明的人。

「對，年代很久遠。我在找這根髮簪的主人……」

良彥一面留意一臉新奇地四處亂逛的黃金，一面向男人說明。

「我們神社的年代也很久遠，有一堆不知所謂的破銅爛鐵。雖然我對歷史是有點研究，不過髮簪嘛……」

洋治仔細端詳良彥出示的髮簪照片，抓了抓腦袋。

「經你這麼一說，我好像在哪裡看過……」

「你看過？」

「好像有，可是我想不起來。」

洋治瀟脫地說道，良彥深深地嘆一口氣。

「這件差事沒這麼容易解決，這點你應該也心知肚明吧？」

回到良彥腳邊的黃金用後腳搔著下巴說道。

黃金說得倒簡單，但面臨線索消散的狀態，叫良彥怎能不失落？

看良彥垂頭喪氣，洋治開口鼓勵他。

「別那麼失望嘛！話說回來，最近的商工會議所連這種事都在做啊？」

「啊，不，不是的……」

良彥連忙否定。說歸說，他又不能說自己其實是差使。達也似乎察覺到良彥的神色，他小心翼翼地將自車上搬來的紙箱放在社務所的玄關，說道：

「他不是我們的職員，是我在學生時代認識的人，碰巧在車站遇見，才帶他來問問看洋治大哥知不知道關於那根髮簪的事。」

達也放下紙箱後，擦了擦汗，並打開玄關的舊型風扇。看他駕輕就熟的樣子，似乎已經來過這裡好幾次。

「哦，這樣啊。學生時代認識的人，那是棒球方面的？」

隨著馬達聲，藍色塑膠葉片開始攪動熱風。由於此時此地幾乎沒有自然風吹過，即使是這樣的熱風也帶來了一絲涼意。

「啊，對。我是讀京都的學校，練習比賽時常碰到大野……」

良彥一回答，洋治的眼神立刻變了。

「早說嘛！其實我是社區棒球隊的隊長，下次要不要一起打棒球？」

「不、不，我已經……」

見洋治的雙眼突然閃閃發光，良彥雖感到困惑，但仍鄭重婉拒。如果真想打社區棒球，他倒也不是做不到，可是一來他的身手已變得遲鈍不少，二來若是造成右膝更大的負擔而妨礙到日常生活，那可就糟糕。

「洋治大哥，別見人就邀人家打棒球啊。」

洋治似乎平時就是這副德行，正在確認紙箱內容物的達也啼笑皆非地如此忠告他。

「因為我們隊上人數不夠啊。只要你加入就萬事解決，可是你又不肯。每次都要找打手，很累耶！」

洋治坐在門階上，用印著酒商名稱的圓扇搧風。良彥終於知道他為什麼晒得那麼黑了。

「別說那些了，請你確認一下內容物。」

達也冷冷地說道，洋治不情不願地把達也搬來的紙箱拉向自己，良彥也跟著窺探箱中。箱裡除了用來當作緩衝材料的報紙，還有陶器、金屬鑄造品、玻璃製品，以及仿照特定角色製成的手工藝品和珊瑚製成的風鈴。

「原來你是送這些東西來啊……」

良彥其實就是搭乘達也的送貨便車過來的。黃金也在良彥身邊歪頭觀看風鈴。

「我們神社每年八月都會舉辦風鈴祭，並接受全國各地進獻的風鈴。這個活動是起源於熊野詣的香客所留下的驅熊鈴。民眾可以在紙片上寫下精進才藝等心願，吊在風鈴底下。站前也有在收進獻的風鈴，收集到一定數量之後，便會統一送來這裡。」

洋治對一臉詫異的良彥說明。

「現在這個活動變成振興地方觀光的一環，商工會議所和市內的其他神社會一起協辦，設立集章點，並製作黑江特產的塗漆風鈴，裝飾各個神社。今年的風鈴是藍色和綠色的，我們神社打算吊在拜殿的天花板底下，現在還在準備中。」

良彥循著洋治的視線回頭望去，只見懸在拜殿天花板底下的竹竿吊著幾個風鈴。除了進獻的風鈴以外，還有十來個交互排列的風鈴，這些風鈴同樣是呈現水滴般的鐘鈴形狀，但是分別漆上了象徵海洋的鮮藍色及象徵山脈的翠綠色。等到數量變得更多，風鈴一同在微風吹拂之下演奏樂音，看起來一定很壯觀。

「這麼一提，達也小時候也曾進獻風鈴給我們神社，對吧？」

洋治突然憶起往事，看著達也問道。

「……有嗎？我不記得了。」

「就是伯母還在世的時候啊，你們全家一起做的。可是到了進獻的時候，你卻不願意放手，還哇哇大哭，最後仍舊把風鈴帶回家。」

「我不記得了。」

「從那次以後，你就完全不來參加祭典。哪像奈奈實每年都來耶！」

「那是因為……」

遭到洋治意外爆料，達也本想反駁，最後只是默默無語地脫下鞋子，走向社務所內。

「啊，大野……」

「別理他，反正一定是去廁所。」

洋治對困惑的良彥如此說道，並露出賊笑。

「那小子小時候比現在可愛一點，可是跟他老爸的感情是一樣地差，只要提起他的家人，他就不開心。又不是小孩子了。」

洋治啼笑皆非地說道，並微微地嘆了口氣。

「呃、呃，洋治大哥，你和大野是兒時玩伴嗎？」

良彥感覺得出他們並不只是點頭之交，便如此詢問。

「嗯，雖然年紀有段差距，不過那小子家裡也是開神社的，所以我每次跟著父母參加聚會時都會碰面。」

洋治從箱子裡隨手拿起一個風鈴，走向神社境內。良彥跟在他身後，懷疑自己是否聽錯，忍不住反問：

「大野家也是神社？」

「是啊。你不知道？」

洋治用右手舉起風鈴，偵測風向。

「我家的神社年代久遠，他家的也差不多，在神社迷之間很有名。」

「有名？」

一走出境內，盛夏的陽光便毫不容情地籠罩兩人。良彥一面因為光線刺眼及炎熱而瞇起眼睛，一面呢喃似地重複。

「對，因為有個古老的傳說。」

洋治說道，聲音和環繞境內的蟬鳴聲重疊在一起。

「據說名草戶畔的頭顱，就是葬在那間神社裡。」

「名草戶畔……？」

聽見這個陌生的字眼，良彥皺起眉頭。

「那間神社似乎代代都扮演了彙整地方傳說及軼聞的角色，所以那小子的老爸不僅研究名草戸畔，也研究古代史，甚至可說是因為研究名草戸畔而精通古代史。」

洋治高舉風鈴，調整身體方向，繼續說道：

「達也的老爸是入贅的女婿，大概是天性適合幹這一行吧。不只是古董，連陶器都有在收集，比我精通上好幾倍。只不過他有點過於狂熱，常和達也發生衝突，所以兒子既不信神，也不信佛。」

「咦？請、請等一下，名草戸畔是……？」

良彥的腦袋處理速度跟不上，只能先詢問這個名字。埋葬頭顱，聽起來似乎不是什麼和平的話題。

「啊，你果然不知道？」

迎風高舉風鈴的洋治回頭看著良彥。

「名草是從前的地名，指的是現在的和歌山市與海南市一帶，而名草戸畔就是治理當地的酋長。哎，就算在這一帶，也沒幾個人知道就是了。畢竟《古事記》裡完全沒提到，《日本書紀》裡也只提到一行。」

洋治邊四處走動以偵測風向，邊繼續說道。乾燥的沙子在他的涼鞋底下沙沙作響。

「六月二十三日，皇軍行抵名草村，誅殺了名草戶畔；換句話說，名草戶畔是在神武東征時因為反抗而被殺的。根據這一帶流傳的傳說，為了殺雞儆猴，名草戶畔的遺體被砍成頭顱、身體和腳三截之後，才埋葬起來。」

「那個名草戶畔的頭顱就葬在大野的老家……？」

良彥確認似地喃喃說道。沒想到達也的老家居然是這種大有來頭的神社。

「皇軍為了在東方尋找新都城而從日向進軍時，戰場就是在這一帶。」

黃金一直坐在樹蔭底下躲陽光，默默聆聽，直到此時才開口。

「我也不是對於日本發生的事無所不知，不過曾聽說過那是一場很大的戰爭。」

黃金的黃綠色雙眼在與日照成正比的濃重陰影之中閃閃發光。

「最後，得勝的皇軍命令同為天津神的天道根命治理此地。換句話說，這裡也發生過出雲那種禪讓，只不過血流成河這一點和出雲不一樣。」

良彥靜靜地倒抽一口氣。在那場戰爭裡流血的人，包含了名草戶畔。被殺身亡之後，遺體還被砍成三截，足見名草戶畔當時做了多大的抵抗。這代表天道根命於紀國的統治，是建立在名草戶畔等諸多犧牲之上。

「洋治大哥，別跟萩原說這種老掉牙的故事。」

正當良彥因為似乎窺見悽慘歷史的一角，茫然呆立原地時，耳邊傳來了從社務所內返回的達也聲音。

「再說，我爸只是拿我家神社有點歷史這件事當免死金牌，重提那些根本無憑無據的古代故事，做出對自己有利的解釋而已。」

也不知道是傻眼還是生氣，從達也依然冷淡的表情看不出他的心思。

「你還是老樣子，一提到你爸就變得這麼倔強。」

說著，洋治回頭望向站在玄關前的達也，突然靈光一閃，瞥了良彥一眼。

「啊，對了，那根髮簪。」

見話鋒突然轉向自己，良彥下意識地挺直腰桿。洋治對他繼續說道：

「或許達也他老爸知道些什麼。」

「洋治大哥！」

達也譴責似地說道：

「你在胡說什麼？我爸根本靠不住。」

「但伯父比一般博物館的館員更精通古代史啊。帶他去嘛！人家大老遠從京都跑來耶。」

「那也不必……」

達也繼續反駁絲毫不以為意的洋治，看來他和父親的確失和，但是良彥可不能錯過向熟知古代史的人打聽消息的大好機會。

「只要有任何線索，我都想試試看……可以嗎？」

雖然對達也過意不去，但良彥也有不能讓步的理由。

「萩原……」

達也欲言又止，用困惑的眼神看著良彥。

這時，洋治打破他們之間尷尬的氣氛，一臉遺憾地放下風鈴沉吟道：

「啊，不行，風勢太弱了。我覺得風勢好像一年不如一年。」

洋治擦去滑落下巴的汗水，回顧拜殿。吊在拜殿裡的風鈴與紙片雖然隨著微風搖曳，但是幅度尚未大到足以演奏出清涼的樂音。

「從前的風強得能讓風鈴的清澈聲音響徹遠方……」

回到社務所的洋治坐在玄關前，伸直了雙腳，並將電風扇的風量調到最大。良彥再度觀看垂吊著風鈴的拜殿。

沉默的鐘鈴，與越過屋簷延伸於上空的藍天。

迎接盛夏的天空變得更加蔚藍，然而不知何故，卻給良彥一種哀愁的感覺。

四

「達也～」

姊姊呼喚自己的聲音混在暮色及蟲鳴聲之間響起。

「達也～你在哪裡～？」

然而，幼小的達也故意不回答。他並不是有意為難姊姊，而是知道姊姊要不了多久便能找到自己。自從小學二年級喪母以來，姊姊一直身代母職，陪伴在達也身邊。相差五歲的姊姊是最了解他的人。

「你果然在這裡。」

不出達也所料，不久後，姊姊來到達也所在的老家後山，啼笑皆非地嘆了口氣。

「你又和爸爸吵架了？」

姊姊似乎剛放學，身上依然穿著高中制服。她毫不客氣地用手電筒照著達也，踩著堆積的落葉走上前來。周圍飄盪著摻雜濕氣的泥土味，還可聽見蟲鳴聲。

「……徹和隆二說爸爸是怪胎。」

達也身穿少棒聯盟的練習服裝，從姊姊身上移開視線。升上小學五年級後，他以為自己已經能夠對周圍的詆毀及批評充耳不聞，但是當父親以「古代史研究者質疑眾神的歷史」一題登上了週刊雜誌的一角時，火山再度爆發了。

「他們說爸爸的研究都毫無根據，只是胡說八道。」

小學生當然不可能理解古代史，八成是向大人現學現賣的，這也足以證明有人在背後說這些壞話。

「所以你才跟爸爸吵架？」

姊姊又嘆了口氣，並配合達也的視線高度蹲下來。

「既然爸爸是怪胎，說的話沒人相信，別去理會就好啦。」

「可是！被說閒話的永遠是我和姊姊耶！如果爸爸別發表名草戶畔的研究，我們就不會被取笑了！」

為何自己生在神社之家？他根本不在乎神明或祖先的事，為什麼他不能和周圍的同學一樣，過著普通的生活？

如果神明真的存在，為什麼要從他們姊弟身邊奪走溫柔的母親？為什麼讓父親疏遠家人？

姊姊默默凝視著憤怒大吼的達也，不一會兒，她放下手電筒，輕輕握住達也的雙手。

「我聽小涼說你成為先發選手了？恭喜。」

聽到這句話，達也睜大眼睛，緊咬嘴唇。

為何姊姊總是明白他的心裡在想什麼？

「……我還以為他會為我高興……」

達也擠出的聲音混在蟲鳴聲裡，虛弱地消失。

首次成為先發游擊手，達也欣喜若狂地跑回家，原以為向父親報告這則喜訊之後，父親一定會為自己高興，然而，父親卻埋頭查閱達也看不懂的資料，跟他提起棒球也只是心不在焉地隨口附和。達也希望父親聽自己說話、希望父親關心自己，便扯開嗓門大聲說話，誰知父親竟然嫌達也吵。達也一氣之下試圖撕破資料，因此挨了父親一拳。達也抱著無處宣洩的情感跑到後山，沒被選為先發選手的隊友因為嫉妒而說父親壞話的那一幕，又浮上他心頭。

「為什麼爸爸不聽我說話……」

達也心中壓抑的情感隨著淚水潰堤而出。

來看比賽的永遠是姊姊，他好羨慕父母一起前來加油的隊友。然而他只能告訴自己，少了媽媽，爸爸當然比較忙碌，裝出不在乎的模樣。

「我只是想和他說說話而已……」

父親的話題永遠是達也聽不懂的古代歷史或神明，別說棒球了，就連其他尋常無奇的電視節目內容或季節話題也是寥寥無幾。即使如此，達也依然相信只要自己努力表現，總有一天父親會笑著對他說「你做得很好」。

可是，獨占父親視線的，依然是他奉為神明、已經不在人世的女王。

「達也，仔細聽好。」

姊姊把手放在達也的雙肩上，望著他淚汪汪的雙眼說道：

「我會代替爸爸好好照顧你。我會聽你說話、稱讚你，也會責罵你。」

姊姊和達也一樣，只是十幾歲的孩子，但這時候已經有種處變不驚的膽識。在她的心中，「母親不在，自己必須堅強」的想法，想必比常人加倍強烈。

「所以你不用哭。下次再有人說你壞話，你帶他過來，姊姊扁他一頓。」

姊姊帶著真的可能這麼做的危險表情說道，接著又笑說：

「爸爸在調查和試著傳承下去的事物究竟有多麼重要，老實說，我也不太明白……可是，我認為一定有它的意義存在。」

姊姊用手指拭去達也臉頰上的淚水。

「或許等我們長大以後就明白了。回家吧！」

姊姊伸出手，牽著達也走下幽暗的山路。當時，在年幼的達也心中，除了有與姊姊同在的安心感以外，同時萌生一個疑問：姊姊保護自己，那麼誰來保護她？

——原來如此，這是我的工作。

察覺這一點時，有股不可思議的力量在達也胸中發芽。

達也用力握住姊姊纖細的手。

只有他能夠保護唯一的姊姊——他下定決心，對著苗條的制服背影暗自立誓。

⛩

「根據這一帶流傳的古老傳說，我們大野一族是名草戶畔的子孫。」

達也拗不過洋治和良彥的請求，便以只送良彥到神社為條件，帶著良彥回到老家。

車子駛離較大的縣道，於田間小路上行進，那間神社就座落在民宅散布的村落中的一座小山丘前。

「所以才在埋葬頭顱的地點建造墳墓和神社，加以保護。不過，也有人認為這些都是毫無根據的古老傳說，後山上只不過是歷代祖先的墳墓。」

達也把車子停在停車場裡，興趣缺缺地說道。周圍種植的櫻樹搖曳著綠葉，在柏油路上投射出影子，良彥漫不經心地眺望這幅風景。

「我不滿的是，我爸不但把祭神、神社和名草戶畔的傳說全扯在一起，還把周圍的人拖下水，大肆宣揚。我常因此遭受池魚之殃，家人也很困擾。」

在透過擋風玻璃射入的日光照耀下，大剌剌地坐在良彥膝蓋上的黃金，散發著白金色的光芒。黃金歪頭聆聽達也的話語，冷氣口吹出的冷風搖晃著祂的鬍鬚。

「所以，我現在還是很討厭名草戶畔，還有那些掛著神的名號、明明看不見卻受人崇奉的玩意兒。我才不想被這些東西耍得團團轉。」

達也的雙眼帶著五味雜陳的神色，恨恨地說道；接著又調適心情，回頭望著良彥說：

「不管我爸說什麼，你聽過就算了，反正都是些胡言妄語。」

「……我知道了。」

良彥向送自己前來的達也道謝過後，便和他分道揚鑣。就達也的態度看來，他和父親之間的確有著根深蒂固的問題。

「……討厭看不見卻受人崇奉的玩意兒啊？」

良彥把斜背包掛在右肩上，瞥了腳邊的黃金一眼。這對於能夠看見「看不見的玩意兒」的良彥而言，多少令他五味雜陳。

「說來感慨，現代這種凡人不少。」

逐漸適應現代的黃金深深嘆一口氣，朝著通往神社境內的石階邁開腳步。

和洋治家的神社相比，這裡的境內雖然沒有那麼寬敞，但是拜殿蓋在石墩之上、往內是幣殿（註8）與本殿的構造，兩者卻十分相似。建築物左側有棟獨立的平房，應該就是社務所。通往拜殿的石版路上擺放著一個用竹子組裝的格子狀藤架，上頭掛著幾個在洋治的神社裡也曾看見的藍色與綠色風鈴。其他協辦祭典的神社，在這個時期應該也都掛著風鈴吧。

「欸，這裡的祭神好像不是名草戸畔耶。」

時間已過下午四點，太陽尚未下山的盛夏境內不見人影，良彥看著拜殿前的看板，肆無忌憚地出聲詢問黃金。

「加具土命是誰？」

良彥原本以為這裡奉祀的是名草戸畔，沒想到上頭卻是另一尊神明的名字。

「在開口問我之前，自己先查查看。你不是可以用那個叫網路的東西查嗎？」

「幹嘛啊？跟我講一下有什麼關係？」

良彥板起臉來看著狐神。雖然剛才充了會兒電，但是不知道之後會發生什麼狀況，所以他盡量不想使用智慧型手機。

「還有，名草戶畔的頭顱真的葬在這間神社裡嗎？祢身為古代之神，知不知道什麼？」

「就算我是古代之神，也不是全知全能；更何況是在這種小地方發生的戰爭，我頂多聽過大概，不知道細節。你自己想辦法吧。」

黃金冷淡地說道，一口氣跑上拜殿的階梯。

「幹嘛這麼冷淡啊？」

良彥不滿地對黃金的背影說道。莫非祂是為了良彥在車站說祂貪吃之事懷恨在心？黃金平時雖然滿口怨言，其實挺喜歡解說的，但是祂今天卻惜字如金。

「還是單純因為肚子餓了？」

良彥嘆了口氣，走上剩餘的階梯。

註8：位於本殿與拜殿之間，供香客供奉祭品的社殿。

拜殿分為左右兩側，中央是通道，左側是販賣護身符等物品的授予所，右側似乎兼作舞殿，放著一個大大的和太鼓。

「不好意思～」

良彥窺探空無一人的授予所，發現鋪著榻榻米的兩坪半房間裡，四處堆放著書架塞不下的書本和文件，隨時可能崩塌；地板和桌上也滿是書本、影印紙和檔案夾，榻榻米外露的面積反而比較小。為了保持隱蔽性，前頭放了座矮屏風，經年累月形成的汙漬相當醒目。雖然貼著寫了和歌的和紙，但也是泛黃的。

「你的房間還比較整齊一點。」

黃金搭著前腳，伸長身子，窺探房裡說出這番感想。

「幹嘛拿我的房間相比？」

「有什麼問題嗎？」

「我的房間整齊多了！」

別的不說，我的書根本沒多到堆積如山的地步——這句話良彥沒說出來。

「話說回來，這裡盡是一些看不懂的書……」

大略環顧之下，映入眼簾的大多是書名裡含有「名草」或「古代紀國」等字眼的書本；除此之外，還有嚴重磨損、連書名都看不清楚的書籍，以及看似資料影本的成疊紙張。看來洋治說得沒錯，達也的父親的確在研究古代史。

「名草戶畔的子孫啊……」

良彥重複剛才達也所說的話語。他不清楚這是不是事實，或許達也的父親調查的事項中也包含這一點。

「你有什麼關於名草戶畔的問題要詢問嗎？」

背後突然有道聲音響起，良彥連忙回頭。不知幾時間，一名身穿白衣紫袴的半老男性站在良彥身後，露出狐疑的表情看著他。這個人應該就是達也的父親，也就是這裡的宮司吧。男子的嘴角和額頭的皺紋給人一種難以相處的感覺，銳利的眼光甚至令良彥有些震懾。

「啊，不，我只是在想，這裡資料真多……」

良彥怕他責怪自己在授予所前探頭探腦，便趕緊找藉口。若是在這時候觸怒他，就不能打聽髮簪的事了。

「這些是從古時候傳承下來的鄉里傳說，也是我們一族的祖先史料。」

宮司有些自豪地說道，又用稱斤掂兩的眼神打量良彥。

「我現在正在填補明治初期失傳的資料。看你年紀輕輕的，居然對這個有興趣？」

「啊，不，也稱不上是興趣啦……」

良彥含糊其詞地附和，估算提問的時機。

「呃，聽說名草戶畔的頭顱就葬在這裡？可是，這裡的祭神不是名草戶畔耶？」

見良彥知道名草戶畔，宮司似乎很開心，嚴厲的臉色稍微緩和下來，說道：

「神名帳上寫的祭神是火神加具土命，據說其實就是名草戶畔，只是因為當時不能光明正大地祭祀，所以才改了個名字。」

「改了名字？」良彥忍不住反問：「是因為名草戶畔反抗神武嗎？」

即使是自己的祖先，也不能公然祭祀逆賊的首領──是這個意思嗎？

聽良彥如此詢問，宮司重新正眼打量他。

「你聽過名草戶畔被殺的故事嗎？」

「啊，我聽過。名草戶畔和神武打仗，戰敗被殺，而且遺體被切成三截示眾，對吧？」

良彥一面回想洋治所說的話，一面說道。他記得內容是這樣。

「你果然也聽過這種說法。」

宮司無奈地嘆了口氣，帶著堅定的目光說：

「名草戶畔並不是戰敗被殺的。」

「咦？」

良彥忍不住皺起眉頭。

「名草戶畔的確和神武打過仗，但是在名草，為了保護子民，名草戶畔選擇主動投降，而神武也接受了。那應該是和談。」

「投降……？」

聽到這個出乎意料的不同說法，良彥困惑地喃喃說道。宮司又滔滔不絕地繼續說：

「現代的日本史料只描寫轟轟烈烈的神武東征，在東征過程中遭鎮壓的人們卻幾乎沒有著墨，提到名草戶畔時更是扭曲事實，《日本書紀》裡甚至把名草戶畔描寫成伏誅的逆賊。」

良彥為宮司的魄力震懾，茫然呆立在原地。

「深愛故鄉的慈藹酋長，為何受到這種待遇？我無法忍受只有天津神系受到讚美、被當成『正史』！為什麼酋長議和、保護名草的故事沒有留在歷史上！」

宮司朝著陳列護身符等物品的授予所探出身子，抓起一份檔案遞給良彥，要他觀看。

「我身為古代史研究者，一直提倡名草戶畔投降說。名草戶畔並非逆賊，而是為了保護子民和鄉里而投降，這件事該留在歷史上。雜誌也報導過我的看法。」

檔案夾裡保存的剪報日期是二十多年前，那似乎是刊載在週刊雜誌角落的地方名人介紹專欄。既然沒有其他報導，足見沒什麼人贊同並參與他的研究。

「有熱忱是件好事，不過他似乎有點走火入魔了。」

與兩人相隔一段距離的黃金喃喃說道。良彥也一樣，見到宮司這副模樣，似乎能夠了解達也為何會疏遠父親。

「名草戶畔是繼承這間神社的大野一族的祖先，這一點絕對錯不了。我聽岳父說過，族譜也還留著，在這一帶的古代史研究者之間是眾所皆知的事實。」

宮司重新審視檔案夾中的剪報，一臉遺憾地嘆了口氣。

「可是，如今連大野家的親戚都忘了名草戶畔的事……」

良彥想起洋治曾說過，就連這一帶也沒幾個人知道名草戶畔是誰。兩千多年前的酋長或許早已淹沒在漫長的歷史之中，連血親也不再憶起。

「呃……假如名草戶畔不是戰敗被殺的，那為什麼會留下遺體被切成三截的傳說呢？」

良彥戰戰兢兢地詢問。如果名草戶畔選擇投降並與神武議和，就不必將遺體砍成三截示眾，也不會留下這種傳說了。

稍微恢復冷靜的宮司嘆了口氣，向良彥說明：

「關於這一點有各種說法，其實我也還沒研究出結果來，畢竟那已是兩千多年前的事。有一種說法是，愛戴名草戶畔的子民們希望她能夠就近保佑自己，所以在她死後分切了意近於舍利子的聖骸。」

「原來如此……」

良彥險些囫圇吞棗地聽過，但被某個關鍵字勾起注意力，連忙抬起頭來問：

「咦？『她』……名草戶畔是女的嗎！」

聽聞「酋長」二字，讓良彥一直以為那是男性，沒想到居然是女性。

「當時的日本是母系社會，當然有女性酋長。直到海外移民進入權力中心，日本才變成父系社會。」

宮司走進鋪著榻榻米的房間，從隨意疊放的文件堆中找到一本書，並在授予所窗口攤開夾在書裡的紙張。

「身為名草酋長的名草戶畔將酋長的信物『名草之冠』獻給神武，做為投降的證明。這代表她放棄在名草的所有權力。」

良彥窺探紙張，那是幅古代畫下的水墨畫，畫的是一個長髮披垂的人跪在地上，向帶著數名隨從、貌似神武的華服男子獻上髮簪的場面。

「咦？等一下！這是……」

良彥目不轉睛地盯著畫中名叫「名草之冠」的髮簪。

「怎麼了？」

從房裡走回來的宮司，一臉詫異地看著臉色大變的良彥。

長髮披垂的人手中的髮簪上，有著熟悉的圓形貝殼裝飾品。

良彥連忙從斜背包中拿出智慧型手機，還沒拉上背包的拉鍊便急著找出照片，和水墨畫互相比較。

「很像……」

和天道根命給他看的髮簪實在太相似了。

「你、你看過這根髮簪？在哪裡！」

見到智慧型手機上的照片，宮司忍不住顫抖著聲音叫道：

「在你手上嗎！」

「不、不是不是！這是認識的人拜託我……」

「把那個人介紹給我認識！」

宮司連同智慧型手機緊緊握住良彥的手，令良彥不知該如何是好地呆立原地。他總不能說這根髮簪其實是神明的吧。可是，面對如此急切的宮司，他該怎麼拒絕？

「這種形狀……七片裝飾品……還有簪身的花紋……啊，這根本是奇蹟！就和傳說中的一模一樣！」

良彥仍在遲疑，宮司已經硬生生地搶走智慧型手機，一臉陶醉地看著照片。

「這正是名草戶畔的指引！她一定也想修正被扭曲與扼殺的歷史！沒想到名草之冠會在今天重見天日！」

良彥啞然無語地看著狂熱的宮司，隨即又回過神來，問道：

「呃，這真的是名草之冠嗎？」

這根髮簪和水墨畫上的髮簪特徵的確相似得驚人。最好的方法就是讓宮司觀看實物，請他調查；但是看他這副模樣，交給他之後可能拿不回來了。

「形狀如此一致，絕不可能是毫無關係的物品！不，甚至可說絕不可能不是名草之冠！這就是我和岳父、岳祖父長年尋找的名草至寶！」

「夠了吧！」

後方傳來一道尖銳的聲音，茫然呆立的良彥不由得回過頭去。聲音的主人走向宮司，迅速將良彥的智慧型手機搶回來。

「你沒看到萩原很為難的樣子嗎？」

明明已該離去的達也用冰冷的眼神瞪著親生父親。

「大野……」

不知道大野是什麼時候出現的，良彥以為他回去工作了，莫非他是擔心良彥才折返回來？

「抱歉。走吧！」

達也把智慧型手機遞給良彥，並催促良彥走下階梯。

「等、等一下，達也！他是你的朋友嗎？那你也幫我拜託他！名草之冠應該被神武軍帶走了！只要知道出處，或許就能證明神武東征的記述有誤！」

宮司連忙追上轉身離去的兒子。這或許就是他長年以來追尋的名草戶畔投降說的證據，現在終於找到了。

「你從以前就老說這種話，害我們一直被找麻煩，你都忘了嗎？」

達也回過頭來，視線貫穿了父親。

「我和姊姊在學校被欺負的事，你敢說你不知道嗎？醫生也說媽媽可能是因為心力交瘁，導致老毛病惡化才過世。全都是你害的。」

達也的聲音猶如壓縮了肚子裡湧上的憤怒般冰冷，良彥是頭一次聽見他發出這種聲音。

「達也，你媽和奈奈實都贊同我的說法。把這則傳說傳承下去，是守護神社的我們的使命，也是神意。」

「想也知道她們只是懶得反駁你而已。說什麼神意！就連去姊姊住的醫院時也是這副德行，一有空就向人高談闊論……拜託你別再這樣子！我很困擾！」

達也恨恨地說道，對良彥說了句「走吧」，便拉著他的手臂走下階梯。宮司不知在背後嚷嚷些什麼，但是達也頭也不回地穿越神社境內，走下通往停車場的階梯，來到小貨車旁才放開良彥的手臂。

「……對不起，讓你看到這麼尷尬的一幕。」

「不……」

良彥無言以對，只好閉上嘴巴。他也不想干涉父子間的問題，畢竟家家有本難念的經。

「大野，你知道這或許是名草之冠嗎？」

因此，良彥改問了另一個問題。宮司對只不過是前來參拜的良彥都如此高談闊論了，對於親生兒子應該也做過同樣的事吧？

達也略微遲疑地嘆一口氣。

「……我的確覺得那跟我爸成天掛在嘴上的東西很像，不過我沒有確切的證據……對不起，沒跟你說。」

達也老實地為了自己未曾告知之事道歉，又繼續說道：

「不過，那到底是不是真貨，沒人知道。就算是真貨，也成不了名草戶畔投降或被處刑的證據。」

他說得沒錯。

良彥再度觀看照片中的髮簪。既然是天道根命持有的東西，這根髮簪很可能是真正的名草之冠，但究竟是神武接收了投降的信物之後轉交給天道根命，還是名草戶畔被殺之後奪來的，可就不得而知。身為關鍵人物的天道根命已經失去了記憶。

「我爸只是想拿它當作神主牌而已。大家早就對他那套故事感到厭煩了。」

達也把背靠在小貨車上，從樹林的縫隙之間仰望藍天。

「對了，你剛才說你姊姊住院……？」

剛才達也的確提到了這個字眼。良彥略帶顧慮地問道，達也停頓一會兒才平靜地回答：

「她四年前出了車禍，之後一直躺在病床上，也就是俗稱的植物人。她的器官可以自行運作，能夠睡覺、能夠醒來，眼睛也稍微睜得開……不過，就只有這樣。」

「……對不起。」

良彥簡短地道歉。雖說他不知情，但畢竟是他害達也重提傷心事。

「你不用道歉……那場車禍全是我的錯。」

達也喃喃說道。

「當時我也坐在車上……」

不知何故，達也的聲音讓良彥感到顫慄，不禁打了個冷顫。

達也的語氣平淡，八成不是因為他已經調適好心情。事實上恰好相反，正因為他還不能釋懷，才刻意從俯瞰的觀點談論這件事。若非如此，平時表情變化不多的達也不會露出這麼傷感的眼神。或許他從四年前就一直自責到現在。

達也頂著一張蒼白的臉，視線搖曳，回憶著當時的情況。

「……我常常在想，我們明明一起出車禍，為什麼我只有骨折，姊姊卻變成那樣？」

溫熱微弱的風吹過田園，在附近流動。如今的氣溫比白天降低了一些，但是汗水依然沿著背部滑落。

「我媽去世以後，我姊一肩擔下所有家務事，接送我打棒球、替我的比賽加油、做便當和煮三餐，全都是由她一手包辦。她甚至決定要成為神職人員，繼承我爸的事業，大學時也取得神職執照，前途正好的時候，卻……」

他的眼神空洞，一反平時的多話模樣令人看了很不忍心，良彥懷抱悲痛之情凝視著這樣的達也。

「可是，你知道我爸到了醫院，聽到我姊的傷勢以後說了什麼話嗎？他居然說要是女兒死了，就沒人能夠傳承名草戶畔的傳說。親生女兒在生死關頭徘徊的時候，那個人的腦袋裡還是只有名草戶畔。」

達也緊握的拳頭泛白顫抖著。

「我已經受夠了……翻古時候的舊帳到底有什麼用？說什麼我們家的神社歷史悠久，非得傳承傳說、保護傳說，還說什麼這就是神意。就算查明古代的事，『現在』會有什麼改變？」

或許對於達也而言，重要的不是古代發生了什麼事，而是該如何改變現況。四年前，應該正好是達也讀大三的時候；他沒打職棒，而是留在家鄉工作，或許和姊姊入院有關──良彥這麼猜想，應該不算是過度揣測吧？

「名草戶畔、神武、天津神、國津神、神社……和神道……我全都不在乎。」

達也用嘶啞的聲音說道。對他而言，身為名留古代史的酋長後裔，以及出生在奉祀該酋長的神社之家，或許只是種沉重的負擔。

「我只想過普通的生活……」

達也摀著胸口，痛苦地吐出這句話，並踉踉蹌蹌地抓住小貨車的貨架邊緣。連忙伸手攙扶他的良彥跟著達也一起蹲下來，斜背包隨之從右肩滑落，掉落在地面上。由於良彥並未拉上拉鍊，皮夾等物品都掉到柏油路上。

「你沒事吧？」

良彥早就注意到達也的臉色很差。如果是因為自己讓達也憶起了不願回憶的過去，那麼良彥可就難辭其咎。

「我只是有點晒昏頭而已……」

過去曾在豔陽底下追逐白球的達也，露出自嘲的笑容說道。但是，當他看見從良彥的包包裡掉落出來的物品，表情倏地凍結。

「萩原，你……」

「咦？什麼事？」

良彥正在撿拾皮夾及記事本等物品，達也帶著悲痛的目光詢問：

「你……是差使嗎？」

一瞬間，良彥陷入了時間靜止般的錯覺，蟬鳴聲聽起來格外響亮。

「咦……你怎麼知……」

面對意料之外的指摘，良彥慌張失措，視線停留在和皮夾一起拿在手上的宣之言書。

「啊，這個嗎……」

這麼一提，透過高龗神的差事相識的遙斗，也是看見宣之言書才判定良彥是差使。

「大野，你知道這是什麼？」

良彥詢問，達也咬牙切齒地閉上嘴巴，瞪了良彥一眼後，突然站起來，坐進小貨車的駕駛座上發動引擎。

「咦？大野？」

良彥拍打著車窗，但達也頭也不回地開車離去。

「大野！」

良彥追趕著駛出停車場的車子，然而，達也駕駛的小貨車毫不遲疑地開上道路，轉眼間便揚長而去。

「……為什麼？」

被留在停車場裡的良彥呆愣地喃喃說道。他做了什麼惹達也生氣的事嗎？

「……真是造化弄人啊。」

目睹整個經過的黃金，搖著尾巴走向良彥。

「我也是輾轉聽說的，所以一時間沒聯想到，不過，他若是名草戶畔的子孫，又出身於神社，那麼應該就是他了。」

「祢在說什麼？」

良彥一頭霧水地反問，黃金說道：

「你的朋友就是曾被任命為差使的男人。」

「——啊？」

聽到這句出乎意料的話語，良彥放聲大叫。

「那、那他是我的前輩囉？」

「不，嚴格來說不是。」

黃金無視混亂的良彥，一派鎮定地說道：

「因為他拒絕當差使。」

⛩

「局面也該有變化了。」

在堆積如山的漫畫旁，躺在地板上的大國主神看著智慧型手機的畫面，嘆了一口氣。畫面上沒有來電通知，也沒有簡訊通知。祂很想再打一次電話詢問進展，但若是良彥又叫黃金來聽電話，祂可受不了。祂本來以為良彥他們傍晚就會回來，誰知道太陽都快下山了，他們依然沒有歸來的跡象。思及這件差事的複雜性，或許他們今晚會在和歌山過夜。

「……哎，應該很棘手吧。」

讀完《源氏物語》，大國主神又從良彥的書架上拿少年漫畫來看。祂把看到一半的少年漫畫放在肚子上，如此說道。

宣之言書上浮現天道根命的名字，十之八九與她有關。在這個房間裡看見天道根命成為本次交辦差事的神明，時機之湊巧，令大國主神大吃一驚。不過，這正是大神的本色。現在大國主神為了何事煩惱，想必大神也是了然於心。

「說到了然於心，那尊方位神亦是耳聰目明啊。」

大國主神仰望天花板，嘆了口氣。剛才在電話中，大國主神的心思被一語道破，不由得慌了手腳；雖然祂設法蒙混過去，不過黃金大概已經發現祂別有所圖吧。其實就算祂和盤托出，黃金應該也不會責怪祂，但祂想搭順風車在先，實在難以啟齒。

「……好啦，不知道良彥會怎麼做？」

大國主神坐起身子，拉開窗簾。

夏季的夕陽依然熾熱、強烈地照耀大地，京都的街道彷彿被封閉在賽璐珞片之中，染上不可思議的顏色。

「要怎麼了結這段因果呢？」

男神望著遙遠的彼方，五官端正的嘴角浮現微笑。

要點

神明講座 1

《古事記》和《日本書紀》有何不同？

我們在歷史課上都會學到《古事記》和《日本書紀》，這兩者都是記錄日本神代至古代天皇時代的事，那麼，兩書究竟有何不同呢？

主要的差異如下表所示，這兩者最大的不同就是撰寫的目的。

《古事記》的主要意義，在於敘述天皇家的歷史及眾神延續下來的皇統；而《日本書紀》則是為了對當時的中國（唐）宣示日本的歷史，藉以建立堅固的民族意識。換句話說，《古事記》是寫給本國人看的，而《日本書紀》是寫

	《古事記》	《日本書紀》
成書年代	西元七一二年	西元七二〇年
執筆者	太安萬侶	舍人親王（還有其他共同作者）
卷數	三卷（神代占三卷中的一卷）	本文三十卷 系譜一卷 （神代占三十卷中的兩卷）
範圍	至三十三代推古天皇	至四十一代持統天皇
形式	紀傳體（故事）	編年體（年代序）
文體	和化漢文	純漢文
引用其他文獻	無	有

給外國人看的。

另外，專家學者從使用文體的不同，發現《日本書紀》似乎曾在當時的掌權者藤原氏等人的主導下進行過增刪及修訂，現在正在做更進一步的研究。

如同本作中的洋治所言，名草戶畔的事蹟只記載於《日本書紀》，並未出現在《古事記》中。除此之外，兩書還有其他相異之處，以及只有單方記載的故事，互相對照閱讀應該挺有意思的。

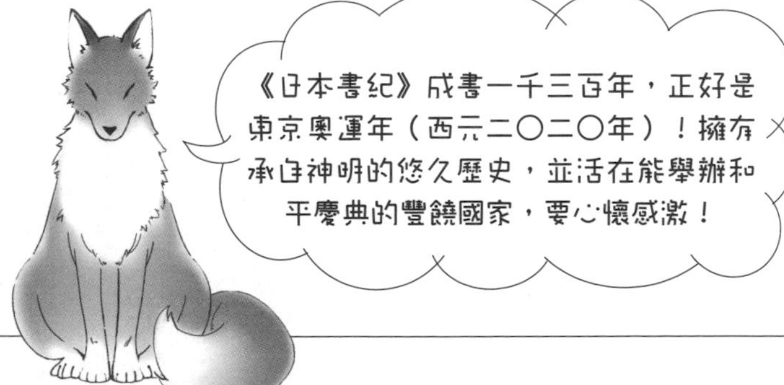
《日本書紀》成書一千三百年，正好是
東京奧運年（西元二〇二〇年）！擁有
承自神明的悠久歷史，並活在能舉辦和
平慶典的豐饒國家，要心懷感激！

二尊　真相的下落

一

她無法阻止。

她該阻止的。

絕不能造成更多犧牲。

「五瀨中了大彥大人的毒箭，身負重傷，現在是大好機會！」

然而，局勢一反自己的心願，越演越烈。

「狹野（狹野尊即神武）根本不足為懼！只要收拾祂的哥哥五瀨，敵軍定然士氣全失！」

「現在立刻給祂致命一擊！」

「就趁現在！」

「戶畔大人，現在正是進軍的良機！」

血腥味傳來。

插在頭髮上的髮簪叮噹作響，名草戶畔睜開了眼睛。即使是這道帶有淨化意義的聲音，也無法消去她胸中的沉重心情。

滿天星斗之下，柴火熊熊燃燒，軍事會議持續進行著。

在先前的戰爭中，不知有多少子民負傷？多少子民死亡？

多少人傷心流淚？

「……一定得殺了祂嗎？」

戰場上的血腥味滲透進身體，揮之不去。

祈禱敵軍就此撤退，是否太過一廂情願？

「迦耶姊姊……不，名草戶畔大人，您怎麼說這種喪氣話呢？再這麼下去，莫說大彥大人的土地，就連根來一族的土地都會被搶走啊！」

身為名草戶畔輔弼之臣的親弟弟，一直主張徹底抗戰。名草戶畔原本想和敵軍談判，卻遭到他猛烈反對。換個角度來看，這正代表他對於家鄉的感情極為深厚。但是，事事都用武力解決，真的是正確的道路嗎？

「這些揮軍侵略之徒豈能縱容！我們不保護家鄉，誰來保護！」

弟弟的譴責之聲挖鑿著名草戶畔的心。

沒錯，他們必須保護家鄉。

很久很久以前，渡海前來的祖先們一步一腳印地開墾此地，留下豐饒的土地；在這個作物纍纍、漁獲豐富的鄉村裡，鮮少有人挨餓。孩童自是不用說，今年剛出世的嬰兒、有孕在身的婦女、不良於行的老人，以及臥病在床的人——要他們拋棄這個溫暖的家鄉逃命，這樣的話她就算死也說不出來。

既然如此，只能開戰嗎？

名草之冠在名草戶畔的頭上迷惘地叮噹作響。與身為酋長同時也身為巫女的她同在的清淨音色——這是名草子民的福音，也必須是保障和平的聲音。

「敵軍八成會再度溯溪進攻，不過大彥大人的軍隊已經控制了河口，敵軍只能路過河口，在前方的灘頭上岸，往名草山方向前進。」

和弟弟志同道合的主戰派男人說道，眾人的士氣高漲，只有名草戶畔一人被遺落下來。

「把敵人一網打盡！趕出此地！名草是我們的土地！」

宛若在呼應手拿弓、槍的士兵們的吶喊聲一般，柴火燒得更加熾烈。

名草戶畔悄悄地把視線從搖曳的火焰上移開，她的沉默被夜幕吞沒了。

⛩

被達也留在神社停車場裡的良彥走了一個小時才抵達車站，之後又直接前往天道根命的神社。雖然搭乘巴士也可抵達，但是一小時只有一班車，而且得走近兩公里才走得到最近的巴士站。另外，阮囊羞澀的良彥心中打從一開始就不存在搭乘計程車的選項。

「祢說大野拒絕當差使，是怎麼回事……？」

前往車站的路上，良彥抱著混亂的腦袋詢問黃金。別說達也曾被賦予同樣使命的事，就連差使原來是可以拒絕擔任的，良彥都是現在才知道。

「任命差使的工作是由專職的眷屬神奉命執行，因此詳情我也不清楚，只聽說那個差使人選的緒帶斷了。」

「緒帶斷了？」

良彥反問，黃金回頭瞥了他一眼。

「即使被任命為差使，如果未能在期限之內完成第一份差事，差使和宣之言書之間的緒帶便會斷裂；這麼一來，那個人永遠不會再度與緒帶相連，神明必須另尋差使。」

在沒有任何遮陽物的田間小路上，熱空氣混著稻香，朝天筆直伸展的尖銳葉片不時隨著微風搖曳。

「在他之後被指名的就是你。」

良彥下意識地倒抽一口氣。

「在我之前是大野……」

良彥沒想到會在這種時候得知這項事實。

「不過，事情都過去了。他堅拒差使的職務，現在擔任差使的是你——雖然只是代理。那件事已經不重要了。」

黃金用聽似冰冷的話語作結，並將黃綠色的雙眼重新轉向良彥。

「你現在正在辦理天道根命的差事，把精神集中在這件事上頭吧。待會兒要告訴那尊男神的消息，可不是能輕易啟齒的事。」

聽到這句話，良彥感覺像是被彈了一下鼻子。沒錯，現在的他必須向天道根命轉達殘酷的事實。

「……我知道啦！」

良彥說道，一面思考著種種因果，一面喟然長嘆。

⛩

「名草之冠……？」

和上午見面時一樣，良彥坐在無人車站的長椅上，邊揀選言詞，邊向依然是蒙面現身的天道根命說明。

「對。祢手上的髮簪本來是名草戶畔的，很可能是因為某種理由而落到神武軍手中。傳說我朋友的家族是名草戶畔的子孫，這件事就是他爸爸告訴我的。哎，不過，這終究只是一種可能性……」

良彥一面說明，一面抓了抓汗水淋漓的腦袋。其實連他自己都尚未理解他找到的答案，聽聞達也本來亦是差使的人選，更讓他感到混亂。

前來這裡的途中，良彥一直猶豫不決，不知該不該把這件事告訴天道根命。的確，這髮簪就是名草之冠的證據只有那幅古老的水墨畫，但若是如此假設，許多事就說得通了，比如天道根命對髮簪感到恐懼的理由。

「名草戶畔……」

聽完良彥的說明，天道根命抱著裝有髮簪的木盒，複述這個名字。

「雖然有些模糊，但是我對這個名字有印象。那是統治名草的女酋長吧？」

時間將近傍晚六點，周圍仍然明亮，但是暮色已經逼近西方天空。天道根命回溯著模糊的記憶，如此說道。良彥點頭肯定祂的話語，並支支吾吾地煩惱著該不該說下去。

「後來……她可能是被皇軍所殺……」

名草戶畔是否真的被皇軍所殺？或是如達也的父親所言，和平地投降了？良彥不得而知。不過，根據洋治所言，《日本書紀》確實記載著她伏誅之事；而且酋長的信物名草之冠現在落在神武軍的天道根命手上，也是不爭的事實。

「被皇軍所殺……」

天道根命的視線搖曳著，瘦小的手掌下意識地抓住自己的胸口。祂緩緩地吐了口氣，讓變快的心跳緩和下來。

「當時的事祢想不起來嗎？」

良彥一面留意似乎身體不適的天道根命，一面詢問。就算只是片段也好，當時的戰爭和皇軍的事，難道祂一點都不記得嗎？

「對不起，雖然我知道名字，但是詳情卻……現在我腦中的知識，多半是事後靠著書卷補足的。」

天道根命宛若深呼吸似地吐出長長一口氣，自嘲地笑著。

「我一直不懂自己為何一想到這根髮簪就幾乎遭恐懼吞沒，不過，現在聽聞差使兄的一席話，總算明白了。」

天道根命垂眼看著裝有髮簪的木盒。

「如果這根髮簪就是名草之冠，那麼，在我夢裡出現的必定是名草戶畔。」

天道根命與良彥四目相交，露出帶有諷刺意味的笑容。

「我隸屬於鎮壓紀國的皇軍……屬於或許殺了名草戶畔的陣營。」

東征時究竟流了多少血，良彥難以想像。

其中交織了多少愛恨情仇，他也無從得知。

「她懷著滿腔怨恨被征服，髮簪落到我的手上……」

良彥不知道該怎麼回答，凝視著泫然欲泣的天道根命。現在的祂是少年模樣，看了更讓人不忍心。

「既然如此，不用想也知道她要我別忘記什麼。她必定是要我把奪人故里的事實牢牢記在心中。」

良彥忍不住把視線從聲音顫抖、強顏歡笑的天道根命身上移開。天道根命想克服對髮簪的恐懼，良彥只是遵照祂的心願辦事，但是，揭曉的真相卻讓人心情沉重。

存在於眼前的，是消失於歷史狹縫間的女王的詛咒。

她的恨意強得讓天道根命即使喪失記憶，依然恐懼萬分。

「我終於明白自己為何會如此害怕……」

天道根命無力地在良彥身邊坐下。手上的髮簪可是奪走土地及權力的證明？當年的天道根命或許對此引以為傲，但是隨著力量衰退，過去未曾有過的心虛與恐懼從心中滿溢而出。

「真是諷刺啊。不惜踏入恐懼之中也要釐清的真相，居然是如此……」

黃金呻吟似地喃喃說道。聞言，天道根命微微搖了搖頭。

「不，一切都是我咎由自取。奉命治理這塊土地，卻遺忘了在這塊土地上犧牲的人民，是我的錯。」

良彥看著身旁少年模樣的男神。仔細一看，祂的肩膀、脖子都比想像中的瘦弱許多，令人不禁擔心祂能否承受這樣的事實。

「別說當年的記憶，我連自己的事都記不得……」

四下無人的車站月台即將被斜陽的陰影吞沒。炙熱的夏季空氣受微弱的風吹動，纏繞身體，又在鐵鏽畢露的柱子前消散。看在良彥眼裡，垂頭不起的天道根命不像神明，反倒像個傷心的人類。

「我很懷疑現在的自己是不是真正的自己，完全失去自信……為了提醒自己是神明，才打扮成這副模樣……」

天道根命喃喃說道，望向黃金。

「方位神老爺，祢應該已發現了吧？我這身打扮很不對勁。」

「不對勁？」

良彥一臉訝異地看著黃金。

狐神搖了搖尾巴，微微嘆了口氣。

「天道根命現在的裝扮，是後世凡人撰寫的書籍上所記載的神明裝扮。祂只是把人類憑空創造的衣服及飾品穿戴在身上，那應該不是祂本來的模樣。」

「咦？是嗎？」

良彥重新打量天道根命。白衣、勾玉首飾、鑲著寶石的劍，全都是顯現神明形象的裝扮，原來這正是天道根命追求的效果。

宛若在宣示自己是「神」一般。

「今早相見的時候，我原以為祢是一尊責任感與使命感強烈的神，但是又感到不太對勁，因為祢似乎過於執著身為神這件事。」

聽了黃金的一番話，良彥想起祂支吾其詞的那一幕，這才恍然大悟。

天道根命這麼做全是為了避免迷失自我。

「……差使兄，我有個不情之請。」

天道根命的視線垂落在風雨侵蝕的老舊混凝土月台上，喃喃說道：

「能否請你替我把這根髮簪歸還給名草戶畔的子孫？」

聽到這個意想不到的請求，良彥連眨了兩、三次眼，反問：

「……歸還？」

「對。這麼做，名草戶畔的在天之靈應該也能安息吧。」

天空從東方逐漸染成濃厚的藏青色，月台上的日光燈不規律地閃動著點亮了。天道根命的白衣身影浮現於人工光線之中。

「如果沒有神倭伊波禮毘古命的東征，或許就沒有今天的日本；可是有凡人被奪走出生的土地和親朋好友的性命，也是不爭的事實……所以，至少把這根髮簪還給她的家人吧。」

一身仿製裝扮的天道根命凝視著良彥。

「現在我所能做的，也只有這件事。」

在記憶與力量衰退之後，留下的或許是祂最真誠純淨的心。

「……我知道了。」

良彥認真地點頭，微風輕撫著他的臉頰。

二

良彥的記性不算好。準備世界史等科目的考試時，他總是記不住改革及人物的名稱；即使努力死背起來，往往一考完試就忘得精光。現在回想起來，國中、國小時代的往事已隨著時光流逝而逐漸風化遺忘。雖然開心、快樂的回憶仍留在心頭，但是，日常生活中的瑣事卻都已變得模糊不清。

然而，即使如此，良彥依然記得自己是循著什麼樣的道路走來，這或許是種幸福。像天道根命那樣，記憶及回憶一點一滴、確確實實地消失，等於是連腦中僅存的影像都不復存在。

只怕哪天連家人、兄弟姊妹和朋友都認不出來了。

「黃金～祢睡著了嗎～？」

和天道根命約好明天一同去歸還髮簪之後，良彥便前往站前的商務旅館投宿。思及單程兩小時的交通時間以及交通費用，還有走了一整天的疲累，他做出一個痛苦的決定——住進一晚要價四千圓的旅館。雖然房內十分簡樸，只有一間水壓很低的浴室、一張床和一把椅子，而且牆壁薄得可以聽見走廊上的聲音，但畢竟是這種價位，他也不好苛求。再說，還可以向櫃檯借用智慧型手機的充電器，其他小事就睜一隻眼、閉一隻眼吧。

「……睡著啦？」

良彥在床上坐起身子一看，只見黃金在他腳邊縮成一團，把頭埋在自己的尾巴裡睡覺。

良彥小心翼翼地重新鑽進被窩，以免吵醒黃金，並仰望著熄燈後的昏暗天花板。漿過頭的床單有點硬，赤裸的雙腳感覺到一股不同於慣用寢具的異樣感。

對於遵照天道根命的希望將髮簪歸還給達也家的神社一事，良彥並沒有任何異議。身為宮司的伯父一定會很開心吧，而天道根命應該也能略微寬心。然而，不知何故，良彥卻無法拂拭五味雜陳的心情。

「這麼做真的好嗎……？」

良彥的喃喃自語消失在空氣中，沒有任何人聽見。

記憶與力量逐漸衰退的天道根命，連自己過去的模樣都想不起來，卻礙於為神者得有神明風範的自尊心，不敢向其他神明求助。在崩垮的記憶沙粒之中，連最後剩下的恐懼之真相都孤立了祂。

一旦髮簪離手，祂就失去了與過去的自己之間的連繫。換個說法，那根髮簪或許是搶奪來的，但同時也一直在天道根命身旁見證著祂的軌跡。

良彥想起祂小心翼翼地捧著裝有髮簪的木盒的模樣。

失去髮簪之後，祂要倚靠什麼度過悠久的時光？

「哎，可是，我也能夠體會祂想物歸原主的心情啦……」

良彥朝固定在床頭的電子鐘看了一眼，確認時間，並翻了個身。

浴室的換氣風扇聲在狹窄的房間裡迴響，他的腦袋一片混亂、無法平靜。身為差使，自己可以干涉多少？他拿捏不住分寸。

「……干涉……」

達也的事閃過良彥的腦海。該放著堅拒差使職務的他不管嗎？或是該找出令他態度豹變的原因？良彥對此感到迷惘。

良彥低聲沉吟，蒙著枕頭把臉埋在床上。他明明只要做好差使的分內工作即可，為何如此煩惱？他很想尊重天道根命的意願，卻又無法坦然遵從祂的要求。

此時，插在床頭的插座上充電的智慧型手機震動起來，良彥從枕頭縫隙間確認液晶螢幕。

「……穗乃香。」

時間是晚上十一點五十分，免費的簡訊ＡＰＰ通知了她的來訊。那是一封很有穗乃香風格、內容簡潔的簡訊，告知她已經開始放暑假，今天補課結束之後去拜訪了泣澤女神，泣澤女神過得很好。

良彥望著畫面片刻，突然心念一動，拿著智慧型手機靜靜地下床，並悄悄離開房間，以免吵醒黃金。黃金睜開黃綠色眼睛追蹤良彥的去向，但良彥並未發現，靜靜地關上了門，前往同一層樓的自動販賣機區。那裡有處可以讓人站著吃喝的小空間，而且位置在走廊深處，即使說話也不至於造成其他房客的困擾。良彥先寄了封簡訊詢問穗乃香，他現在可否打電話給她，而她立刻主動打了電話過來。

「啊，對不起，這麼晚還打擾妳。妳還沒睡嗎？」

良彥一面為了意料之外的迅速反應而驚訝，一面盡可能地壓低聲音說話。現在除了自己的說話聲和自動販賣機的馬達聲以外，整層樓都鴉雀無聲。

『……嗯，沒關係，我還沒睡。』

聽著她沉著平靜的聲音，良彥的心情緩和下來，不禁吁了口氣。她那種獨有的清淨氛圍似乎透過電話傳達過來。

「我有事想問妳。我會長話短說，盡快掛電話。」

明天她應該還得補課，時間已晚，良彥必須速戰速決。

『什麼事……？』

待穗乃香開始傾聽，良彥便簡單地說明現在正辦理的差事及今天發生的事。良彥自己也覺得向高中女生求助有點窩囊，但是，和泣澤女神交好的穗乃香，說不定比他更能理解天道根命的心情。

「……所以，那根髮簪也是天道根命手邊唯一一件能夠連繫過去的物品。現在要把它送給別人，我總覺得不太妥當……」

人工的白光照耀著自動販賣機裡的銀色啤酒罐。良彥靠在角落的牆上，斷斷續續地訴說自己現在的心境。穗乃香雖然鮮少開口附和，但可以感覺得出她很專心聆聽。

「真的該把髮簪交出去嗎……？」

良彥喃喃說道。就算再問天道根命一次，祂應該還是會堅持這麼做。在祂心中已經認定這是對名草戶畔和名草的百姓贖罪的方式，既然如此，良彥是否不該多嘴置喙？

『……我不知道天道根命是不是真心這麼想……』

穗乃香略微遲疑地細聲說道。

『……可是，那根髮簪真的是名草之冠嗎……？』

良彥猶如突然被潑了桶冷水，頓時瞪大眼睛。

「咦……？為什麼這麼說？」

『對不起，我不是否定你的調查結果……』

穗乃香有些慌張地尋找著言詞。

『只是，如果那真的是名草之冠……為什麼會在天道根命手上……？』

「為什麼……不就是征服的信物嗎？拿走酋長的名草之冠的是……」

說到這裡，良彥屏住呼吸。那幅水墨畫閃過腦海。

「是……神武。」

對了，為何自己從未深入思考過？天道根命只是奉神武之命統治紀國而已，無論那根髮簪是殺害了名草戶畔所奪來的，或是由她主動獻出，持有者都應該是神武。既然皇軍的領袖是神武，征服的信物本該歸祂所有。

「可、可是，說不定是神武交給天道根命的……」

良彥忍不住蹲下來。神武把名草之冠當作紀伊國統治者的信物，交給天道根命代為保管，應該不無可能吧？

『……我也不太清楚……』

穗乃香並未受到良彥的慌亂影響，依然一派平靜地說道：

『當時日本有許多小國……神武軍並不是只有和名草戶畔打仗……紀伊國裡應該也有很多部族……』

良彥下意識地倒抽一口氣，穗乃香淡然說道：

『如果是征服的信物，天道根命為什麼只擁有名草之冠……？』

⛩

「差使兄，早安。」

結果良彥在幾乎一夜未眠的狀態下迎接了早晨，他一面克制呵欠，一面前往集合的地點和歌山站。尖峰時段剛結束，離站內附設的百貨公司開店還有一段時間，因此人並不多。

氣溫已經開始上升，良彥盡可能挑選陰影處的地磚步道行走。昨晚就寢前，他有用旅館的投幣式洗衣機清洗過身上的衣物，因此得以擺脫汗臭味，但是不熟悉的便宜洗衣粉味仍然殘留在身上，讓他莫名地坐立不安。

「早……呃，你是誰？」

車站入口處有個不認識的少年對良彥說話，良彥險些跟著打招呼，又硬生生地撐開沉重的眼皮，打量著眼前的少年。只見少年的及肩長髮在腦後綁成一束，身穿胸口有藍色條紋的POLO衫和牛仔褲，腳踩布鞋，手裡卻抱著與現代服裝格格不入的深綠色包袱。

「是我，天道根命。」

少年在良彥耳邊輕聲說道，以免被往來的行人聽見。

「……祢的頭巾呢！」

祂居然沒穿那套之前見過的忍者裝，令良彥大為驚訝，忍不住如此大叫。現在的祂怎麼看都是個替媽媽跑腿的高中生。

「我只有在神社附近活動的時候才會戴頭巾，這次要出遠門，所以我就打扮成凡人的模樣。這麼一來，就算是其他神明見到，應該也認不出我吧？其實我偶爾會出門散心，早就偷偷買齊了這套衣服。」

「這、這樣啊……」

良彥的睡意一掃而空，目瞪口呆地望著天道根命好一陣子。黃金用前腳抓了抓他的腳說：

「良彥，現在的天道根命其他凡人也看得見，你如果不表現得正常一點，可是會引來其他人側目喔。」

「咦？真的假的？」

良彥連忙清了清喉嚨，環顧四周。不光是服裝，連自身存在感都配合著人類，祂準備得真是周到。

「今天我從神社的香油錢箱裡拿了些零錢來，搭電車也沒問題。」

天道根命從牛仔褲口袋裡取出一個小錢囊，得意洋洋地展示囊中物，大多是十圓硬幣，但也有少許百圓硬幣，應該付得起往返的電車車資。看來祂和昨晚苦惱不已的良彥正好相反，早已做好了覺悟。

「祢真的要這麼做嗎……？」

良彥警告似地問道。其實良彥本來打算，今天若是見到天道根命露出遲疑之色，就要重新進行調查。昨晚穗乃香在電話中的一席話的確是一針見血，仔細一想，那根髮簪若是征服者的信物，天道根命的手中除了名草之冠以外，也該有其他部族的酋長冠冕，或是象徵權力的信物才對。可是，天道根命手中為何只有名草之冠？莫非那並非名草之冠，而是其他物品？

「對，不要緊。」

天道根命在胸前重新抱好包袱，點了點頭。見狀，良彥微微沉吟。

老實說，要說天道根命持有的髮簪是名草之冠，那也說得通。祂對於髮簪感受到的恐懼及水墨畫上描繪的髮簪形貌，都足以支持這個說法。雖然穗乃香的說法也頗有道理，但那終究只是推測，或許天道根命本來也持有其他部族的物品，只是在兩千年間遺失了，碰巧只剩下名草戶畔的信物。

「……哎，祢可以接受就好……」

良彥有些洩氣地嘆了口氣，與天道根命一起走向購票處。

「祢說祢偶爾會出門散心，是去哪裡？」

他們搭上的電車座位幾乎都被看似觀光客的人們坐光了，黃金耳聰目明地找到空位，立即占據窗邊，良彥卻毫不容情地叫祂讓位，並把祂放在膝蓋上；雖然有點擠，但也無可奈何。為自動驗票口及自動門而大驚小怪的天道根命，則是坐在走道邊，坐立不安地環顧四周。看祂的模樣，應該不常搭乘電車外出。

「我偶爾會在紀川邊散步，就像今天一樣，打扮成凡人。」

「哦？有點意外呢。祢常說神明要有神明的風範，我還以為祢幾乎不會離開神社。」

良彥坦率地說出感想。

「不知道為什麼，在神社裡待久了，我就喘不過氣……」

天道根命自嘲似地嘆了口氣。思及祂不願向其他神明示弱的性格，也難怪祂會喘不過氣。

「……不過，其實我一直很想逃。」

天道根命的喃喃輕語聲混入電車的行駛聲裡。

「我想逃避的大概是逐漸失去記憶的自己，和越想越覺得恐怖的髮簪吧……」

良彥凝視著筆直面向前方的天道根命的側臉。這應該是祂只敢對差使吐露的祕密。

「幾年前，我曾因為恐懼而逃出神社，和今天一樣打扮成凡人的模樣，在街上漫無目的地行走……」

天道根命微微一笑，視線滑向車窗外。良彥似乎可從祂的笑容中窺見祂的複雜情感。

「我越過電車軌道，渡過河川，穿越鬧區，不斷地行走。不知道為什麼，放空情感，踩著地面，混入凡人之中，讓我的心靈變得平靜許多。倒映在路邊櫥窗玻璃上的自己，不是坐鎮於神社中的神明，而是個隨處可見的十幾歲少年……」

走了約一小時，天道根命來到設於河床的廣場。當天正好是假日，有許多小孩聚集在廣場裡比賽。想當然耳，天道根命雖然知道那是現代的某種運動，卻完全不懂規則，只是迷迷糊糊地看著小孩又跑又跳地追逐著小小的白球。在橋上也可聽見他們充滿活力的歡呼聲，祂覺得自己的氣力似乎也跟著恢復了。

「那是不是……棒球？」

良彥意會過來，如此詢問，天道根命笑著點頭。

「後來我每個禮拜都會去一次，打扮成凡人的模樣，看起來活像是住在附近的人閒來無事去看球賽一樣。在人來人往的場所，悄悄地混在不時停步的行人之中。可是……」

說到這裡，天道根命停住了，懷念地瞇起眼睛。

「你之前也來過吧？」

起先，天道根命不知道對方是在對自己說話，不由得慌了手腳。

「你之前也來過吧？要不要下去一起看？」

那位年輕女性穿著令人聯想到美麗大海的藍色開襟外套。聽說她是因為弟弟以前曾待過這支球隊，所以現在也時常來幫忙。

「啊，不，我在這裡看就好……」

天道根命一面為了被人搭訕而驚訝，一面惶恐地婉拒。就算裝扮成人類的模樣，廣場還有其他家長在，祂實在不敢下去河床。

「你喜歡棒球嗎？」

她換了個問題，又朝天道根命靠近一步。橫渡橋上的風吹動她的髮絲。天道根命有些困惑，苦笑著坦承：

「……老實說，我不太懂規則，只知道要用那根棒子打球……」

天道根命連用具名稱都不知道，於是她便熱心地教導祂棒球比賽的規則及用語。對於天道根命而言，和她聊天的時光非常愜意。她親切的態度固然是原因之一，而她注意到每個禮拜都來此地的自己，更是讓天道根命心花怒放。

居然有人注意到失去力量與記憶、迷失自我的祂，讓祂十分開心。

「……所以，如果投手投出的球被打出去，就得趕快去撿球，以免跑者上壘。」

當她隔著橋梁的欄杆一面比畫、一面說明時，隨著一道令人雀躍的金屬聲，遭球棒擊出的白球貫穿空中。球悠然地飛越內野，落在左外野手和中外野手之間，並順勢一路滾動。在天道根命的注意力被這一幕吸引時，她突然從欄杆探出身子，大叫：

「喂～！別放棄～！快跑～！」

發自丹田的聲音傳到球場上，原本慢吞吞的少年們全都立即拔腿疾奔。

「教練已年近花甲，就開始鬆懈了。我弟弟待在隊上的時候，他可是一直大吼大叫，連我這個觀眾都被嚇到了。」

不知何故，天道根命有種連不相干的自己都一併挨罵的感覺，傻眼地看著憤慨的她，隨即又鬆懈下來地噗哧一笑。仔細想想，這樣子和凡人相處，或許是祂有生以來頭一遭；但是不知何故，身旁女子的側臉令祂有些懷念。

「你叫什麼名字？」

她露出如釋重負的表情，詢問抖動著肩膀竊笑的天道根命。

「啊……呃……」

天道根命不禁結結巴巴，掃視四周，想起了剛才看見的橋梁名稱。

「……北、北島。」

情急之下，天道根命借用了北島橋的名字。

「北島？」

她筆直地回望天道根命，點了點頭。

「我記住了。」

這句話讓天道根命的胸口感到一陣溫暖。

「大家都叫我奈奈姊。」

她如此自我介紹，並露出笑容。

「奈奈姊……」

叫一個只活了幾十年的凡人「姊姊」，讓祂覺得怪不自在的。

然而，實際上說出口，祂卻莫名萌生一股心疼的感覺。

「後來，我又去了那裡好幾次，和她聊天。我們聊的幾乎都是些無關緊要的話題，例如棒球、天氣和她的家人，我通常只負責聽，但還是很開心。她還邀我以後有空一起打棒球。」

天道根命苦笑著訴說，良彥則默默傾聽。沒想到祂和人類曾有過這樣的交流。

「和她聊天之後，我開始覺得，即使是力量和記憶衰退、變得自暴自棄的自己，也可以有所作為。雖然我們最後一次見面已是幾年前的事，但是我現在能夠為了尋找記憶而勇敢面對髮簪帶來的恐懼、找出真相，或許是她的功勞。」

那一天，受到「別放棄，快跑！」這句話所鼓勵的，想必不只有球場上的孩子們。祂覺得自己的背後似乎被用力推了一把，要祂別放棄當神、別放棄當保佑紀國的天道根命。

「你們現在沒見面了嗎？」

良彥詢問，天道根命微微地點頭。

「不知道是從什麼時候開始，她就不再出現了。她是個熱心助人的凡人，現在一定很忙吧。凡人的相識和別離，不就是如此？我們只是在眾多凡人步行的路上偶然擦身而過而已。」

更何況他們是神與凡人，彼此的道路應該不會再有交集。

「不過，不要緊，她一定還記得我。」

如此訴說的祂，表情看起來比平時安詳。

「即使有朝一日，我連自己的名字都想不起來……」

聽見這句話，良彥感覺到自己的內心深處宛若凍結般倏地變冷。

直到此時，良彥才明白那名女子為何能給天道根命帶來這麼大的安慰。

易容化名、獨自佇立在河床邊無人聞問的少年，只有她注意到，只有她記得。

對於現在的天道根命而言，這是種莫大的鼓舞。

「……希望你們有一天能夠重逢。」

良彥想說些話鼓勵祂，可是最後只說出這種老套的話語。即使如此，天道根命依然由衷地點頭稱是。

⛩

良彥一行人抵達距離目的地最近的車站後，又搭乘巴士並步行了一段時間，大約花費一個小時才來到達也家的神社。村落裡的民宅散布在田園間，石造的鳥居融入周圍的風景中。他們沐浴在毫無衰退跡象的蟬鳴聲裡，走上通往神社境內的階梯。境內沒有人跡，只有幾個藍、綠色風鈴吊在竹架上，紙片不時地晃動。授予所裡沒有人，社務所也關著，良彥喊了好幾聲，宮司依然沒出現。

「不在嗎？」

良彥腳邊的黃金抬起鼻尖。

「好像是。」

宮司顯然出門了，不知道他只是去附近，還是兩、三天後才會回來的遠門？良彥盤臂沉吟，姑且向在石階下等候的天道根命招了招手。

「我、我是凡人，我是凡人……」

假扮人類的天道根命宛若念咒似地不斷重複這句話，走入境內，仰望拜殿，緊張地倒抽一口氣。

「這、這裡就是奉祀名草戶畔的神社……」

「正確地說，是傳說中奉祀名草戶畔的神社。聽說表面上的祭神是火神。這裡也是我朋友的家。」

良彥回想起昨天宮司所說的一番話。名草戶畔被視為逆賊，當地居民自然不能明目張膽地奉祀她。因此，就算查閱典籍，書上記載的名草戶畔事蹟也都不出傳說的範圍。

「實際上呢？名草戶畔真的在這裡嗎？」

良彥回頭看著黃金。狐神翹起耳朵，啼笑皆非地嘆一口氣。

「良彥，你該不會以為神明隨時都待在神社裡吧？」

良彥一時間沒能理解祂的意思，沉默片刻以後，才「啊？」了一聲。

「不是嗎？神明不就是該坐鎮在神社裡嗎？」

「那你要怎麼解釋大國主神待在你房裡的事？」

「……啊！」

經祂這麼一說，良彥才察覺其中的矛盾之處。

「咦？那麼，大國主神待在我房裡的期間，出雲和其他奉祀大國主神的神社裡都沒有神明嗎？這樣不太妥當吧！」

尤其大國主神是眾多神社的祭神，祂怎麼還有閒情逸致待在三坪大的房間裡吹冷氣看漫畫？這麼一提，在上次以後，祂就沒再打電話過來，莫非是看家看膩了而離開良彥家？

「神明離開神社時，通常會有代掌其職務的眷屬神或精靈留守，凡人在神社前祈禱時所說的話語，會經由祂們傳入我們的耳中。再說，只要凡人真摯地請求，神明便能立刻降駕到神社的依代上。舉辦神事或祭典的時候，神職人員不是會獻神饌、念祝禱詞嗎？那也是延請我們的程序。」

黃金得意洋洋地解說，又突然猛省過來，露出不快的表情。

「……連這麼基本的事情都不知道，真是太可悲了……再這樣下去，可能會影響神議……」

「咦？什麼？什麼？」

「我說你是個蠢才！」

「祢幹嘛沒頭沒腦地罵我啊！」

黃金一臉不快地把臉別開，良彥則是莫名其妙地歪頭納悶。之前良彥曾聽祂說過「神明是蠻橫無理」的，但也不能突然就臭罵他一頓吧？

「我不知道坐鎮於此的是名草戶畔或是火神……現在神社裡只有精靈的氣息。」

天道根命仰望著本殿方向，頭髮隨著蘊含熱氣的微風飄動。

「搞什麼，那神明不在囉？是不是出去巡視啦？」

良彥和擁有天眼的穗乃香不同，宣之言書上沒有浮現名字的神明除非主動現形，否則他是看不見的。良彥走上石階，經過拜殿的通道，來到本殿前，再度回望天道根命。由於周圍綠色植物很多，走進建築物的陰影中，感覺起來涼爽了些。

「伯父不在，該怎麼辦？」

天道根命的心願是將髮簪歸還給名草戶畔的子孫。就子孫這一點而言，達也同樣符合條件，但是，良彥不認為他會輕易相信他們的說法並收下髮簪。

天道根命略微思索，視線垂落至手上的包袱。

「……或許馬上會回來，不如再等一下……？」

「就這麼辦吧……」

總不能把髮簪丟在任何人都能進出的地方，逕自離去。良彥用智慧型手機確認時間，還有三十分鐘左右就是正午，不知到時宮司會不會回來？

「等伯父回來以後，差事就大功告成了嗎？」

天道根命坐在舞殿上，感慨良多地望著包袱，良彥則是從包包裡拿出宣之言書。只要順利把髮簪交給宮司，請天道根命蓋上祂的朱印，這趟和歌山遠征便結束了。

良彥重新檢視宣之言書裡上了濃墨的「天道根命」四字，突然想起昨晚穗乃香所說的話。送出髮簪之後，良彥應該就不會繼續調查此事吧。這根髮簪是否真是名草之冠的疑問也不會再被提及，就此石沉大海。同時，天道根命的差事也會告終，祂將擺脫一直困擾祂的夢境和髮簪之謎。

「……這麼做好嗎？」

良彥小聲地自問。雖然他曾一度贊同，現在這個問題卻再度湧上心頭。髮簪一旦送出去，以後大概再也不會回到天道根命的手上。

良彥離開天道根命身旁，站在通往境內的階梯上。差事即將完成，為何他會如此悶悶不樂？這代表他無法釋懷。那根髮簪究竟是不是名草之冠？兩套說法都沒有確切證據，令良彥難以抉擇。

「不，比起我贊不贊同，天道根命的感受才是最重要的……」

良彥盤起手臂沉吟。如果出現必須再進行調查的證據或契機，他就能要求天道根命暫緩這個決定，但是現在根本沒有證據。非但如此，要說那根髮簪便是名草之冠，那也說得通。既然如此，是否該把這個疑問遺忘？

「現在還來得及……」

良彥回頭瞥了天道根命一眼。要阻止祂，只能趁現在。

正當良彥暗自煩惱之際，境內傳來些微聲響。良彥忍不住循聲望去，只見綁在竹架上的風鈴隨著微風搖晃紙片。水滴狀的鐘鈴排排相連，看起來宛若不同顏色的雨滴。同款不同色的物品排列在一起，便會產生一致感。現在懸掛的是藍色和綠色的風鈴，不知道還有沒有其他顏色？只有兩種顏色固然也不錯，但是五顏六色更有祭典的華麗氣氛。

「其他顏色……」

視線全被這幅光景吸引的良彥喃喃說道。一瞬間，似乎有什麼東西閃過腦海，他覺得不太對勁，忍不住皺起眉頭。

「……怎麼回事？」

同款不同色的風鈴在眼前隨風搖曳，配合紙片的晃動，發出微小卻可愛的叮噹聲。

「良彥，怎麼了？」

黃金從舞殿走向凝視著風鈴的良彥。

「啊，不，我覺得有點怪怪的……」

說著，良彥又把視線從黃金身上移回境內。那裡依然只有藍色和綠色的風鈴。

「這種有什麼一閃而過的感覺……是怎麼回事？」

「你在胡說什麼？你不去看名草之冠最後一眼嗎？」

黃金用鼻子哼了一聲，返回天道根命身邊。舞殿中，解開包袱的天道根命正小心翼翼地將木盒打開。

「現在要送人，反而有點捨不得……真奇怪，我明明很怕這個東西。」

良彥一面歪頭納悶，一面轉身走向天道根命，窺探坐在舞殿上的祂手邊的東西。

打開木盒蓋子一看，只見白色髮簪躺在濃紫色的布料上。

「……白色。」

見到與濃紫色布料相互映襯的髮簪，良彥如此喃喃說道。從境內傳入良彥耳中的風鈴聲宛若在強調它們存在於那裡，鈴聲格外響亮。

風鈴的顏色是藍色和綠色。

形狀一模一樣，只有顏色不同。

「……啊！」

良彥想起昨天宮司給他看的水墨畫。那幅畫上畫著名草戶畔向神武獻簪的情景，畫上的髮簪連花紋都和天道根命持有的極為酷似，所以，良彥當時認定兩者是同一根髮簪。

「……莫非……」

想當然耳，水墨畫是黑白的。神武的華服和周圍的綠色草木全都是用墨線繪成，藍天、皮膚、土地亦然。

還有，名草戶畔所持的髮簪也一樣。

「……顏色不一樣？」

良彥聯想到這個結論，身子打了個顫。縱使能從那幅水墨畫辨認出樣式，卻無法推測髮簪的顏色。

「差使兄？」

天道根命詫異地歪著頭。良彥再度望向祂手上的髮簪，咕噥道：

「那不是名草之冠……？」

聽他這麼說，天道根命瞪大了眼睛。

「都已到這個關頭，你在說什麼……？」

如果基於這個假設做出推論，先前得到的結論將會毀於一旦。天道根命夢見的女子，祂對髮簪感到恐懼的理由——將完整收納所有問題的框架拆除，重新排列事實，是個前程茫茫的工作；如果裝作沒發現，蓋了朱印以後，良彥便能擺脫這份差事。

可是——

「……對不起，天道根命，祢可以多給我一點時間嗎？」

良彥嘆了口氣，帶著堅定的眼神抬起頭來。穗乃香說的疑點不容忽視。既然他現在已經察覺到顏色不同的可能性，他不能不去調查這根白色髮簪是否真是名草之冠。

「或許我才是最沒有正視這件事的人……」

良彥帶著自我警惕之心，看向那根白色髮簪。

或許摀住耳朵不去傾聽見證數千年歷史的它的聲音的人，正是自己。

三

「名草之冠的顏色？」

他們在達也家的神社裡等待約一小時，宮司仍然沒回來，於是，良彥便帶著天道根命與黃金前往洋治的神社。

「我本來想問大野的爸爸，可是他不在……」

一個小時只有幾班的巴士時間不合，因此他們便在盛夏的白天裡走了約一小時的路。現在想想，連良彥自己也覺得這是個魯莽的挑戰。來到洋治所在的社務所之後，良彥依舊汗水直冒，但黃金與天道根命卻顯得若無其事，令他難以釋懷。

「哦，他常會突然跑出去閒晃。伯母在世的時候他還有點節制，但是伯母過世以後，他就變成斷了線的風箏。」

社務所內的和室裡，洋治一面招呼良彥和天道根命喝冰麥茶，一面抓頭。今天他雖然穿著神職裝束，但是頭髮依舊亂翹，或許是因為生性懶散吧。然而，他們被帶往的三坪和室整理得乾乾淨淨，而在洋治開關紙門時可以瞥見的隔壁房間也還算整齊，或許他只是懶得打扮自己。

「我明天有打工，今天一定得回去。如果能夠聯絡上伯父就好了……」

良彥滿懷感激地喝光麥茶，並吹著電風扇。他為了這次的和歌山之行找人代班，接著不能再繼續請假了。他並不認為今天就能解決差事，八成還得再跑一趟和歌山，不過，如果今天能再見上達也的父親一面，那就再好不過。

「伯父沒有手機，達也現在又離家外宿，要找他應該很難。」

洋治用圓扇替自己搧風，露出為難的神色。

「話說回來，為什麼你想知道名草之冠的顏色？名草之冠就是傳說中名草戶畔持有的物品吧？雖然我不太清楚啦。」

洋治興味盎然地交互打量著良彥和天道根命。

良彥猶豫著該如何說明，開口說道：

「……昨天，大野的爸爸跟我說那根髮簪或許是名草之冠。」

「髮簪？昨天那根嗎？」

「對，他還給我看了一幅名草戶畔捧著同樣一根髮簪的畫。」

謊稱是良彥學弟「北島」的天道根命，一臉緊張地聆聽兩人談話。祂已經用包袱巾把髮簪重新包好，帶在身上。

「可是，那幅畫是水墨畫，只有黑白兩色，所以我想知道實際上是什麼顏色……」

聽了良彥的話語，洋治盤臂沉吟了片刻。電風扇攪動的熱空氣在房間裡流動。

「那是名草之冠啊……如果是真的，就是國寶級的文物，不過顏色嘛……」

從敞開的窗外傳來的蟬鳴聲使得炎熱倍增。在附近鳴叫的某隻蟬留下了刺耳的一聲之後，便飛往他處。

「這麼一提……」

洋治歪著頭，似乎想起什麼，視線搖曳。

「雖然我不知道是什麼顏色，不過，之前奈奈實好像曾帶著名草之冠的相關資料來過……」

洋治回溯淡化的記憶，一直默默聆聽的天道根命開口問道：

「求求你，再怎麼小的線索都行。那根髮簪究竟是不是名草戶畔的所有物？如果不是，它又是什麼來頭？怎麼會落到和天道根命有淵源的人手上？我很想知道。」

洋治似乎為祂的氣勢震懾，睜大了雙眼。

「和天道根命有淵源的人……？」

良彥接過天道根命的話頭，繼續說明。

「其實擁有這根髮簪的是這小子……北島的家。他家的家系……好像可以追溯到天道根命……」

良彥說到後半便含糊其詞。總不能說祂就是天道根命吧！

「可能是名草之冠的髮簪和天道根命的後人？看來淵源不淺啊。」

洋治緩緩站起來，走向後頭的房間，又抱著一疊影印紙和稿紙交雜的紙張回來。

「名草戶畔和天道根命除了是敵人這一點以外，為後人所知的事並不多……」

洋治面有難色地抓了抓頭。畢竟是兩千多年前的事，史料想必是所剩無幾。

「希望你們聽了別不高興。一般認為天道根命是高御產巢日神的子孫，下凡來當饒束日命的護衛，之後又奉神武天皇之命成為第一代的紀伊國造，是一尊很神祕的神明。有人說祂刻意討好名草戶畔，又背叛對方；還有人說祂根本不是天津神，或是根本不存在，眾說紛紜。」

「根本不存在……」

良彥同情地望著身旁的男神。祂明明就在眼前，但是在人類心中卻是一尊連是否存在都令人質疑的神明。

「別放在心上，凡人的紀錄本來就很模糊不清，再說那個時代也沒有留下書面紀錄的概念，神明的事蹟沒有正確地流傳下來，是很常見的情形。」

黃金安慰道，垂頭喪氣的天道根命嘴角微微露出笑意，點了點頭。

「其實這種情形並不只限於天道根命。古時候的人為了提升自身權威，常常自稱出身於高貴的血統，甚至改寫族譜。如果你去調查，就會發現全國的國造之祖幾乎都是高御產巢日神。由此可見，真實出身不明的人物反而居多。」

洋治從影印紙堆中找出全國國造一覽表，遞給良彥。

「啊，呃，『國造』是指……？」

良彥一面顧慮身旁天道根命的感受，一面小心翼翼地詢問。雖然他已經聽黃金和天道根命提過這個字眼好幾次，但還是似懂非懂。

「哦，簡單地說，就是一國之君。從前日本分成好幾個小國，各自都設立國造這個職位。不過從奈良時代開始，國造成為掌管祭祀事宜的世襲制職位。比如出雲大社的宮司就叫出雲國造，你聽過嗎？」

洋治一面翻閱影印紙，一面尋找其他資料。提到出雲，良彥只聯想到那尊不請自來的神明，而他現在突然擔心起祂在做什麼了。該不會還賴在他家吧？

「……這些資料全都是你製作的嗎？」

就在良彥皺起眉頭胡思亂想時，天道根命望著手上的資料，用微微上揚的聲音問道。良彥也跟著望向資料，見到上頭密密麻麻的文字，不禁大吃一驚。不只如此，從表格框線到細部文字，全都是手寫的。

洋治笑著說了句「怎麼可能」，加以否認。

「製作資料的是達也他老爸，我只是受他之託，幫忙用電腦謄稿。他說他想出書。不過資料太多，我根本趕不上。」

良彥再度望向密密麻麻的資料。沒有充分的熱忱，絕對無法獨力製作這些資料。不只如此，文章裡還有著詳盡的註釋，並鉅細靡遺地記載著出處。社務所裡堆積如山的資料，想必就是為此而存在。

「哦，這些東西可是費了功夫呢。」

黃金瞇起雙眼窺探著資料，連天道根命也大為讚嘆。

「居然有人獨自調查了這麼多資料……」

有人在這座小鎮裡抽絲剝繭地探究史料所剩無幾的兩千多年前的事蹟，令天道根命出奇感動。或許裡頭也有祂和力量一起失去的記憶片段。

「對於達也來說，伯父或許是個合不來的可恨爸爸；可是對於這一帶的古代史研究者來說，只要有不懂的地方，去問那間神社的宮司就對了。」

洋治抓了抓頭，翻動足足有三百多頁的資料。

「這一帶古墓很多，蓋房子挖土的時候常會挖到陶器或骨頭。可是對於活在當下的人類而言，『現在』比過去的遺物重要，所以常常直接毀壞古物，可以解開歷史之謎的線索就又少了一個。思及這一點，想把故鄉的傳說傳承下去的伯父所做的努力，應該值得更多讚賞才對。」

良彥一愣一愣地聆聽洋治說明。

「洋治大哥，你很了解大野他爸爸嘛。」

良彥本來以為達也的父親是個性乖僻的老爹，現在見到如此詳盡的資料，才知道他有多麼認真。

「也不算了解，我只是現學現賣而已。其實最了解他的是伯母。」

「咦？是嗎？」

良彥忍不住抬起頭來。聽達也的說法，良彥還以為只有他父親一頭熱而已。

「伯父和伯母本來是親戚，那間神社是伯母家的，伯父是入贅的女婿。因為這個緣故，伯母給人的印象就是個全力支持丈夫的賢內助。伯母過世以後，伯父的確變得有點失控。哎，他也很拚命啦。兒子完全不諒解他……打算繼承家業的女兒又發生那種事……」

洋治喃喃說完了最後那句話，視線再度垂落到資料上。

昨天達也曾經呻吟般地訴說：「就算查明古代的事，『現在』會有什麼改變嗎？」的確，若要問查明歷史真相能夠改變現在的什麼，良彥一時間也答不上來。即使名草戶畔與神武軍之間的真相重見天日，明天依然會到來。

遭兒子疏遠，女兒又住院，達也的父親為何仍以這些研究為優先？只是想替被當成逆賊的祖先爭一口氣嗎？或是有其他重大的理由？

「啊，奈奈實發現的資料不知道放去哪裡了……應該是收在這裡啊……」

洋治搜尋資料片刻後，再度回到後頭的房間，仰望放著大量檔案夾的書架。

「呃，奈奈實就是大野的姊姊吧？」

良彥一面閱讀洋治留在房間裡的資料，一面隔著敞開的紙門詢問。他記得達也的父親曾提過這個名字。

「是啊。她也取得神職執照，而且很熱衷於調查自己家族流傳的傳說。我記得她在氏子家的舊倉庫裡發現了江戶時代的日記，其中有關於名草之冠的記述，所以她把照片列印出來，要我替她翻譯……」

「咦？那應該是很重要的資料吧！」

良彥忍不住朝著後頭的房間探出身子。尤其在民宅的倉庫裡發現，更是增添了真實感。

「是啊。可是我不知道收去哪裡……」

說著，洋治打開手邊標註為「名草資料」的檔案夾，但是裡頭放的卻是神社用品的綜合型錄。印有「國史大系」書名的外盒裡塞的是神道辭典，拉開放著桌上型電腦的書桌抽屜一看，不知何故，裡頭除了文具以外，竟然還有辣油和軟管裝的芥子醬。

「……洋治大哥，你該不會是那種房間乍看之下很整潔，其實根本不知道東西收在哪裡的人吧……？」

良彥詢問。洋治沉默片刻之後，帶著凝重的眼神點了點頭。

「北島，過來幫忙！」

良彥呼喚沉迷於手寫資料中的天道根命，一同搜索這個亂無章法的房間。如果交給洋治自己找，良彥覺得他永遠找不到奈奈實帶來的資料。

「這個房間的東西收在哪裡，奈奈實比我更清楚……」

洋治一面整理從書架縫隙間掃出來的成堆神社新報，一面感慨良多地說道。良彥正好打開標有「名草」二字的檔案夾，抽出了與此無關的注連繩製作公司傳單，聽聞這句話，突然靈光一閃，抬起頭來問道：

「洋治大哥和奈奈實小姐是男女朋友嗎？」

聞言，洋治啞然無語，臉頰轉眼間變得一片通紅。

「……你、你在胡說什麼？完、完全不是這樣。」

「不然是怎樣？」

「就……就只是兒時玩伴而已。欸，你幹嘛忽然問這個？」

洋治顯然大為動搖，手上的神社新報掉下來，他伸手去撿，頭卻撞到桌緣。眼見如此淺顯易懂的反應，除了洋治以外的在場所有人都察覺到他們倆八成是朋友以上、戀人未滿的關係；同時，良彥心中也百感交集。奈奈實現在還躺在病床上，不知道洋治是抱著什麼樣的心情度過這幾年？

「哦？」

天道根命莞爾地看著為了掩飾羞怯之情而胡亂開關抽屜的洋治，突然發現手上的書裡突出一張紙片。祂打開那一頁，只見有張對折的Ａ４紙隨手夾在裡頭。

「是不是這個？」

攤開那張紙一看，那是古書某一頁的照片，由於是用普通的影印紙列印出來的，因此解析度很差，但仍可勉強辨認出上頭的文字，只不過都是漢文，良彥看不懂。

「啊，對對對，就是這個、就是這個。」

洋治懷念地望著天道根命遞給他的紙，手指撫摸那些漢文。

「上頭寫些什麼？」

良彥催促似地問道。

「唔……讓你們找這麼久還說這種話，實在有點過意不去，但這張紙上頭好像沒寫什麼重大的內容。」

洋治面有難色地用手指描著文章閱讀。

「寫下這篇文章的人是為了記錄自己村落的史蹟，才接觸名草戶畔的傳說。這些傳說我和達也他老爸都已經知道了……啊，可是這部分……」

洋治微微瞪大眼睛，念出那段文章的翻譯。

「名草戶畔即是頭戴丹冠之清淨巫女。」

良彥知道天道根命在身邊靜靜地倒抽一口氣。

「……丹冠……換句話說，名草之冠是紅色的……」

聽聞天道根命的輕聲呢喃，良彥的背上冒出一陣雞皮疙瘩。他覺得顏色有問題的直覺果然沒錯。

「那麼，白色的髮簪究竟是……」

良彥困惑地和天道根命四目相交。如果名草之冠是紅色的，天道根命手上的白色髮簪又是什麼？若說是顏色剝落，又未免太過漂亮；而且兩者除了顏色以外，幾乎沒有任何不同。

「關於這份資料，大野的爸爸有沒有說什麼？」

良彥詢問，洋治有些尷尬地撇開視線。

「其實這份資料還沒給伯父看過，所以伯父應該不知道名草之冠其實是紅色的。說歸說，到底全部是紅色的，或者部分是紅色，沒有人知道。如果要討論這份資料的可信度，那更是沒完沒了……」

洋治結結巴巴地說道，良彥覺得奇怪，歪頭納悶。這麼一提，在良彥來訪前，他似乎連這份資料都忘記了。照理說，他應該會立刻和達也的父親分享，可是他卻夾在書裡，彷彿不想看見這份資料。

「為什麼不給他看看呢？他製作了那麼詳盡的資料，一定很想要這類情報……」

天道根命略帶顧慮地問道，洋治視線搖曳，尋找著言詞開口：

「……奈奈實就是在送這份資料過來的隔天出了車禍。」

「車禍……」

天道根命尷尬地低喃。電風扇吹出的風，吹動著洋治手上的紙張四角。

「她看不懂漢文，要我幫忙翻譯。我問她怎麼不拜託伯父，她說她想給伯父一個驚喜，還說她隔天會來拿，要我先替她保管，結果她就……那時候我根本沒心情管這些資料，直到今天聽到你們提起，才想起這件事……或許我是刻意不去想起吧。」

洋治喃喃地說完最後一句話，露出了苦笑。一看見這份資料，洋治就必須面對奈奈實出車禍的事實。

「結果到了現在，又有人需要這份資料，真是不可思議啊。」

洋治從書架拿下一個相框。

「是不是奈奈實在叫我要好好調查呢？」

相框裡的照片似乎是夏日祭典的一景，一名女性和洋治及一群身穿浴衣的小孩一起站在釣水球的攤位前。女子穿著海藍色的開襟外套，手拿圓扇，面露開心的笑容。

「這個人就是大野的姊姊……」

仔細一看，雖然身為女性的她給人的印象比較柔和，不過雙眼皮的眼睛和五官的確與達也很相似。

「不會吧……」

聽見這道輕喃聲，良彥抬起頭來。

「……北島？」

只見身旁的天道根命目不轉睛地盯著照片。祂瞪大眼睛，宛若要將照片中女子的身影牢牢烙印在眼底，甚至忘了呼吸。

「……沒想到會在這個地方見到妳……」

天道根命顫抖著聲音，淚水盈眶。

良彥心中萌生某種預感，但他不敢追問，只能屏住呼吸。

「奈奈姊……」

天道根命用嘶啞的聲音說出女子那天告訴祂的名字。

⛩

「奈奈實……」

在醫院的單人病房裡，愛女身上插著好幾根管子，凝視著天花板。

「奈奈實，說說看，大野奈奈實，這是妳的名字。」

父親習慣性地說出這個打從她臥病在床以來就一再嘗試的要求。定期巡視的護理師也一樣，明知她不會回答，還是會和她說話。她們認為她應該聽得見，因此總是不忘仿效病患父親的做法，呼喚她的名字。他很感謝醫護人員沒有放棄希望。

「奈奈實，奈奈實，一點也不難，只有三個字。這是妳媽媽替妳取的名字。」

睡了又醒、醒了又睡的女兒，眼睛是微微睜開的，但是從她眼裡看不出任何情感。她的肺部的確在呼吸，會打呵欠，會吞嚥，眼睛看到強光時也會流淚，卻無法和旁人溝通。失去表情的那張臉，怎麼看也不像是從前那個斥責失去妻子的父親和失去母親的弟弟，並對他們微笑、替他們打氣的她。

「奈奈實……」

今天她依然毫無反應，父親微微地嘆了口氣。這是他第幾次祈禱奇蹟發生，希望女兒說出自己的名字？一般而言，陷入重度昏睡狀態——持續性植物狀態——成為植物人以後的平均剩餘壽命是三年左右，而現在已經超出一年，進入第四年。女兒仍然能夠自行呼吸，或許他已經該為此慶幸。

「奈奈實，今天我帶了一則消息給妳……」

父親握著愛女水腫的手，對她輕喃。

「我或許找到名草之冠了……當然，還得再進一步調查才能確定……」

在白色的人造房間裡，連接管子的機械發出規律的電子聲，床邊插了一朵向日葵聊表慰藉，大概是達也帶來的吧。他還記得車禍剛發生時，達也自己的傷勢明明也不輕，卻硬拖著身子來到姊姊所在的加護病房。平時兒子面對他時總是一臉不悅，但當時的兒子卻宛如小孩般嚎啕大哭，不斷大叫「都是我害的」。

「我好希望能夠和妳一起調查。那是我們找了好久的『信物』……」

父親緩緩撫摸女兒毫無反應的手。

她不顧周圍的擔憂，為了繼承父親的衣缽而取得神職執照，踏入了神道世界這個對女性並不友善的男性社會，正要一展長才。

「所以，奈奈實，快回來吧……」

父親如此懇求凝視著空中眨眼的女兒。

「奈美惠，請妳幫幫我吧。」

枕邊放著十幾年前過世的母親照片。女兒確確實實地遺傳了母親的面容。

「奈奈實……」

父親靜靜祈禱的聲音混著電子聲消失無蹤，無人聽見。

⛩

四年前的夏天，達也的姊姊奈奈實在送達也前往大學的棒球練習場途中，遭到打瞌睡的司機所駕駛的貨車猛烈撞擊。意外發生後，她雖然撿回一條命，卻成為植物人。坐在副駕駛座上的達也只受到骨折的輕傷，可是在那之後，車禍的那一幕不時閃過他的腦海，嚇得他雙腳無法動彈，不能正常打棒球。雖然有人勸他接受心理治療，但是他最後放棄了職棒之路，在當地的商工會議所就業，以便就近探望姊姊，直到現在。

「……所以他才不打棒球了。」

良彥走在通往車站的道路上，喃喃說道。全家和大野一家都有來往的洋治曾設法鼓勵達也，並邀他去打社區棒球，希望他重拾棒球，但是他一直拒絕。

向洋治請益過後，良彥猶豫了許久，最後決定一步一腳印，前往市內的博物館等地，向館員打聽白色的髮簪。別提及名草之冠，只說是某戶人家的家傳古物，應該也是個方法。一來可以避免給對方先入為主的印象，二來或許有人根本不知道名草之冠是什麼——這是洋治的看法。即使是居住在從前名草戶畔生活過的這塊土地上的人，也大多不知道她曾經存在。

地面吸收了盛夏的陽光，將熱氣傳達到鞋底。時間已過下午兩點，暑氣達到巔峰。在影子短小的住宅區裡，直射的日光和柏油路的反射光線照得良彥無處可逃。從國道彎過轉角處的超商，走進細長的縣道之後，便是整備過的觀光步道，設有擋車墩，以防機車進入。然而，除了良彥等人以外，路上只有放暑假的小學生，他們拿著捕蟲網和小水桶，成群結隊地跑向遊玩的地點。

「大野拒絕擔任差使，是在祢們找上我之前吧？」

良彥回想起昨天黃金所說的話。

「這麼說來，他大概是在兩年前接到委託的……」

用最單純的算法，良彥的祖父剛過世不久，眾神便選中達也當差使。

「可是，大野的姊姊剛入院，自己也退出了棒球界，和他爸爸又失和，當時的他顯然沒有多餘的心力接下差使的工作吧？為什麼偏偏選在這種時候找上他啊？」

良彥俯視著身旁的毛茸茸背影問道。雖然黃金常說神是蠻橫無理的，但是多少也該識相一點吧？

「基本上，神的位階越高，就越不關心凡間的瑣事。」

黃金將黃綠色雙眼轉向良彥。

「而且為了避免偏袒徇私，神也不會干涉凡人的私人問題。」

「就算不干涉，也看得出那個人可不可能接下差使的工作吧？尤其大野還說，他討厭看不見卻受人崇奉的玩意兒耶。」

「眾神大概是認為，現在仍受地方百姓信仰的紀伊國神社之子可以成為好差使吧。祂們遵循傳統，從和神明淵源深厚的血統之中選出差使，並未考量凡人的個人狀況。」

「然後就被拒絕了？」

良彥的T恤隨著擦身而過的汽車所帶起的熱風翻飛，他用手背粗魯地拭去滑落脖子的汗水。換成是他，在那樣的狀況下，應該也不會答應差使的工作。站在達也的立場，這等於是突然叫他替自己憎恨的眾神跑腿。姑且不論信不信神，他一定對此感到很氣憤。

「話說回來，我收到宣之言書的時候，根本沒人告訴我可以拒絕當差使啊！我也沒看見負責任命的眷屬神。」

良彥記得他當時因為祖父的事被說動，並在黃金的半脅迫之下答應擔任差使。根據黃金昨天所說的話，只要他不辦差事，連接宣之言書的緒帶便會斷裂，可是之前完全沒人向他提過這件事。

「那是因為你的情況比較特殊。當任命遭拒，眾神為了挑選下一個人選而大傷腦筋之際，是大神作主選了你。祂並未派遣負責任命的眷屬神前往，而是把所有的說明工作都推給我這一尊頭號的差事神。」

黃金想起當時，一臉不快地豎起雙耳。

「你的祖父住院了很久，當時就已經挑好下一任差使的人選，只是挑選人選的眾神應該也沒想到會被拒絕吧。」

「原來如此……」

良彥微微地嘆一口氣。達也曾說他只想過普通的生活，擔任差使對他而言，想必是個令他困擾的提議。

「不過，既然如此，大野應該見過前去任命的眷屬神吧？當時他應該看得見眷屬神，那就不是『看不見卻受人崇奉的玩意兒』了啊？他沒有因此相信神明確實存在嗎？」

如果他的觀念因此轉變，也許面對父親時就不會如此倔強。

「要是每個人都像你一樣單純就好了。」

黃金帶著憐憫的眼神仰望良彥。

「什麼叫單純啊！」

「單純就是單純。」

「或許他並不相信那是神明，又或許他以為那是一場夢。」

一直默默聆聽的天道根命如此喃喃說道。不受日照影響的祂，即使沐浴在熱空氣中，額頭依然白皙涼爽。

「如果他知道神的意義，擁有正確的知識，可能結果便會不同。」

「神的意義？」

良彥反問，天道根命點了點頭。

「差使兄，你知道凡人的血統都能追溯到神明嗎？」

「啊，嗯，辦理高麗神交辦的差事時，黃金似乎說過……」

「不是似乎，我的確說過！」

良彥含糊其詞地回答，黃金在他腳邊嚴詞訂正。聽了他們的對話，天道根命面露苦笑，繼續說道：

「換個極端一點的角度來看，其實感謝神明就等於是祭拜自己的祖先。」

聽了這句話，良彥恍然大悟地瞪大眼睛。

傳說中，大野一族是名草戶畔的子孫，而達也家神社的祭神便是名草戶畔。顯而易見的，神明即是祖先，但是達也八成完全不相信。

又或許是他無法推翻自己根深蒂固的觀念。

「我記得他姊姊本來要繼承神社……」

良彥回想起洋治給他看的照片上的女子笑容。努力學習神職知識的她，應該比達也更能坦然接受這件事吧。

「她一定能夠成為一位優秀的神職人員。」

天道根命望著遠方的蜃景，喃喃說道。

「沒想到她出了車禍……」

得知她不再出現於球場的理由，天道根命受到不小的打擊。祂應該沒料到會在那種地方得知她的近況。

「緣分真是不可思議啊。」

民宅庭院裡，種植在地上的鼠尾草即將盛開。良彥望著成串的鮮豔紅色，搖了搖頭，試圖揮去留在眼底的殘像。

「莫非這就是命運？」

良彥對走在半步之前的背影問道，狐神只是回以冷淡的一瞥。

「誰知道？與我無關。」

「……祢這次真的很冷淡耶！」

或許該找個空檔餵祂吃一點甜食？就算祂起先拒絕，最後鐵定又會說：「如果你堅持，我就吃吧！」並開始大快朵頤。

「總之，現在又回到原點……」

良彥擦拭滑落下巴的汗水，筆直地凝視著通往車站的道路。

卅

來到海南站的入口處，良彥看見達也和上司一起從停車場的方向走來。達也亦察覺到良彥，抬起頭來卻又撇開視線，若無其事地走開。

「那就是祢遇見的女子的弟弟，也是良彥的朋友。」

黃金用黃綠色雙眼仰望站在身旁的少年。

「那就是她的弟弟……」

天道根命喃喃說道，彷彿要在達也身上追尋奈奈實的身影。

「大野！」

良彥半是衝動地叫住正要走進車站的達也。如果就這麼目送他離去，或許他們再也沒機會交談，搞不好一輩子都不會再碰面。因此，良彥不能就這麼目送他離去。

「咦？你是昨天的那位！」

首先反應過來的是達也的上司。他還是老樣子，白白胖胖的臉頰上浮現親切的笑容。

「後來怎麼了？查到那根髮簪的事了嗎？」

達也的上司手捧著臉頰，以女性化的動作走過來，良彥下意識地往後縮。

「啊，是……多虧您的幫忙……」

良彥僵硬地牽動嘴角，露出禮貌性的笑容。如果說他還沒查出結果，達也的上司鐵定又會打破砂鍋問到底。

「這樣啊，那就好！那今天呢？有什麼事嗎？」

見上司興味盎然地看著兩人，達也大大嘆了口氣，開口說道：

「對不起，我立刻回來，麻煩您顧一下櫃檯。」

說完，達也不等上司點頭，便向良彥使了個眼色，邁步離開。良彥對於換個地方說話沒有任何異議，因此乖乖地跟上他。

「什麼事？」

他們來到高架橋下的停車場，達也在混凝土柱子的陰影處停下腳步。

「我和你已經無話可說。」

達也用不善的眼神瞥了良彥一眼，不悅地盤起手臂。黃金和天道根命在不遠處看著他們。

「因為我是差使的緣故？」

良彥一字一句地緩緩問道。

正好從車站出發的電車在高架橋上疾駛而去。待傳至腳邊的震動及噪音經過後，達也露出嘲弄的笑容。

「你果然是差使。」

微弱的風緩緩吹過兩人之間，帶著從地面蒸騰而上的熱氣，引人發汗。

「萩原，你幹嘛做這種事？你不覺得這根本是在逃避現實嗎？說什麼神明，根本蠢到極點。你該不會是看到幻覺了吧？」

「這不是幻覺。你也看見了吧？不僅有宣之言書，還有眷屬神也曾為了任命去找你吧？」

良彥的冷靜語調令達也不禁支支吾吾地撇開視線。和眷屬神見面時，最為驚訝且難以接受事實的，想必就是達也本人。因為長年以來否定的事物居然出現在眼前，要他承認那是事實。

「大野，我能理解你為何討厭看不見卻受人崇奉的事物，也能明白你生在神社的壓力有多大。可是，神明和差使確實存在，而我現在正在辦理差事。」

身為差使的自己出現在眼前，等於是毫不留情地在達也的傷口上撒鹽。達也應該根本不想看見體現自己抗拒、背棄之事的人吧。

「雖然很不真實，但這的確是現實。我不求你諒解，只希望你能明白。」

即使一時之間無法接受，只要有一天能夠像水滴滲入土壤一樣，慢慢地適應就夠了。達也不必認同此事，只要接受這個事實即可——這是良彥在反覆思考過後歸納出的想法。

雖然看不見，但是這個國家裡有許許多多的神明存在。

「……這麼說來，你調查那根髮簪，也是差事？」

達也嗤之以鼻地問道。

「真虧你做得下去，簡直是打雜嘛！你不覺得你只是被利用嗎？」

他話中句句帶刺，和昨天大不相同。這股尖銳的痛楚令良彥下意識地屏住呼吸。

「……是啊，或許我是被利用沒錯。」

然而，良彥並未退縮，而是筆直地凝視達也，回以肯定的答覆。老友的敵意令他感到悲傷，但是他更關心守在自己身後的男神。

閃過腦海的，是那張只能靠髮簪確認自我存在的空虛側臉。

「不過，就算是被利用，這依然是我接下的重要差事。」

黃金抬起頭來。

彷彿在用祂的雙眼確認站在眼前的良彥。

「差使兄……」

天道根命喃喃說道，又緊緊抿起嘴唇，垂下頭來。

「……為什麼？」

達也一瞬間為良彥所震懾，瞪大眼睛，隨即又恨恨地說道：

「為什麼你能夠接受這種事？」

把車子停進停車場並走下車來的男性，毫不遮掩地對他們投以好奇的視線，但良彥和達也並不在乎。

「祂們既不是對你有恩，當差使也沒有報酬，為什麼你還能這麼想？為什麼人類得替神明做這些事？」

達也完全無法理解。遠遠超越人類的神──如此高高在上的神明，為何要借助渺小人類的力量？又或是其中有著他從未主動了解的緣由？

「大老遠從京都跑來，在這種大熱天裡四處奔波……你不覺得很傻嗎？」

達也啞著嗓子問道，心彷彿裂成兩半。

一方面，他絕不認同神明與差使。

然而另一方面，他不禁暗想……

換成是姊姊，是否會接下差使的工作？

良彥微微地吐了口氣，面露苦笑。

「……哎，老實說，我一開始也這麼想：『神明居然還得靠人類幫忙嗎？』可是，神明的世界也有很多難題啦。」

如果沒有成為差使，他根本不知道人們減少祭祀活動會削弱神明的力量。

也不知道高高在上的神明，原來和人類一樣會煩惱、會哭泣。

還有，祂們和人類一樣會為愛痴迷。

「見神有難，怎麼能袖手旁觀呢？」

就像他祖父從前那樣，不分神人之別地伸出援手。

聽了良彥的話語，搖著尾巴的黃金略微自豪地瞇起黃綠色雙眼。

「……我不懂。」

不久後，呆立原地的達也呻吟似地說道。

「也不想懂。」

達也撂下這句抗拒一切的話語，轉身離去。

「大野！」

良彥叫道，但達也並未回頭，走進了車站。情急之下，天道根命拔腿追去，但是最後又停下腳步，目送他的背影離去。

良彥大大嘆了口氣，在原地蹲下來。

「世事很難盡如人意啊……」

仰望的天空中掛著盛夏的太陽，依然蔚藍無比。

⛩

「咦？結束啦？」

見達也回到物產店的內場，正用臃腫的手指辛苦地敲打鍵盤的上司抬起頭來。

「對。很抱歉，臨時離開工作崗位……」

「沒關係、沒關係。別說這個了，關於下次推出的新作，黑江的師傅想跟我們再討論一次，要我們四點的時候過去一趟。」

「我知道了。」

達也露出含糊的笑容，並表示他要去搬貨，便走向貨物所在的進貨區入口。

天狗模樣的眷屬神為了任命達也為差使而前來，是將近兩年前的事。

對於過去從不信神也不信神道的達也而言，那是件超乎現實的事，即使聽聞差使的相關說明，他仍然無法置信。然後，當他聽說差使必須聽候力量衰退的神明差遣、代為辦事時，他的驚訝逐漸轉變為憤怒。

姊姊從事的正是奉祀神明的工作。

她辛辛苦苦地讀到大學，取得神職執照，一肩擔起父親不擅長的敦親睦鄰及接待氏子的工作。即使不帶親人偏袒的眼光看待她，她依然是個人人稱讚的好女兒。

這樣的姊姊為何得臥病在床？

為何遭遇那種不幸？

如果要他替神明辦事，就先治好他姊姊。

只要實現這個心願，他就接下差使的工作。

在憤怒、懊惱等難以言喻的複雜情感之中，達也說出這番話。

然而，眷屬神只回一句「辦不到」。

祂說，對神而言，凡人宛如是一片落葉；神可以保佑豐收及繁榮，但是插手個人的生死會違反天理，這不是「神」該干涉的事。

祂們既不救姊姊。
也不同情他的處境。
突然出現，拒絕達也的願望，卻要求達也接受祂們的要求。
當時的達也當然無法理解神明的職責，也無心深思神明為何需要差使。
他只是感到氣憤、感到懊惱，流下了眼淚。
然而，不知何故，他同時感受到一抹被背叛的悲傷。幼時的情感似乎又重現了。
神明果然都是見死不救的。
之後，達也徹底漠視眷屬神。他拒絕當差使，也拒絕宣之言書。
結果，某一天，他脖子後方的緒帶突然斷裂消失，眷屬神亦同時消失無蹤，有的只是毫無變化、一如往常的日常生活。
「那麼做是對的……」
達也呆立在進貨區入口，喃喃說道。
「我不需要神明……」
當時的他也懷著相同的念頭。
眼見眷屬神消失，他覺得大快人心，但同時忍不住懷疑起那真的是神嗎？或許他是看見某種幻覺，又或許那只是場白日夢。

「那麼做是對的吧……？」

達也詢問。然而，他所期望的人已經無法給予他答案，那人只能在白色的人造房間裡仰望著天花板。

自從那一天以來，每當達也思考出現在自己眼前的究竟是不是神明時，他便發覺自己對「神」的了解並不足以做出判斷。

明明生在神社卻一味抗拒，連父親的話語都不願傾聽——這個事實血淋淋地擺在眼前。

可是，達也怎麼也無法承認這個事實。

「欸，達也，你就好好聽爸爸說一次話嘛。」

姊姊在出車禍之前曾對他這麼說。

達也呆立原地，握緊拳頭，力道大得幾乎快留下指甲的痕跡。

對於萬般呵護自己的姊姊，達也有道不盡的感謝。

可是，自己卻連她這個小小的心願都未能完成——

⛩

與達也道別，過了片刻之後，良彥才轉換心情，前往移動範圍內的博物館和民俗資料館，打聽天道根命的白色髮簪。距離較遠的地方，良彥則是透過電話詢問，但是得到的答案都大同小異。只要良彥最後搬出名草戸畔的名字，館方引薦的總是同一個人，就連實際看過髮簪的縣立博物館館員引薦的也是他，良彥不禁重新體認到他投注在名草戸畔身上的熱情。

「過世之後，還有人記得自己，是件很幸福的事。」

由於許多人異口同聲地推薦「名草戸畔的事問大野先生就對了」，良彥便做好得等候數小時的心理準備，回到達也家的神社。前來神社參拜的當地居民建議他去位於附近的大野家看看，然而果不其然，家裡也沒人。等了約兩個小時，天色開始變暗；這一帶沒有路燈，連要看清彼此的臉都有困難。

「名草戸畔一定也很開心。」

昆蟲的饗宴聲從神社的後山傳來。坐在田邊土埂上的天道根命感慨良多地說道，並露出帶著些許自嘲的笑容。

「哎，不過子孫因此失和，她看了應該很緊張吧？」

坐在一旁的良彥聳了聳肩，故作開朗地說道。土埂對面的民宅燈光看起來格外耀眼。

達也的父親現在獨自居住的大野家位於神社對面，兩者中間只隔著一條路。房子是老舊的兩層樓建築，和這一帶的其他民宅沒有什麼不同，甚至還顯得樸素了些。小小的庭院裡擺放著許多長方形或圓形盆栽，但是盆中的植物幾乎都枯萎成褐色；玄關前的停車場角落裡，有根褪色的玩具球棒躺在雜草中。

「我常聽奈奈實小姐提起弟弟的事，說他是個一板一眼、不知變通的小頑固；雖然不擅於表達，但其實很溫柔，是她引以為傲的弟弟。今天一看，果然和她說得一模一樣。」

天道根命老實說出自己的感想，良彥忍不住笑了。看著弟弟長大的姊姊精準地描述出達也的為人。

「他應該也發現了吧？意外被任命為差使，因此看見了神，發現原來看不見卻受人崇奉的玩意兒其實是有意義的；父親的行為和姊姊想延續下去的事物，也都是有理由的。」

溫熱的風在暮色中飄盪，帶著濕氣纏繞身軀，送來泥土的氣味。

「或許是吧。」

良彥想起臨別時達也的眼神。他恨恨地說他不想懂，不知道心裡其實是怎麼想？

「真教人放不下心。」

天道根命用瘦弱的手臂抱住膝蓋。

「你很關心他？也對，畢竟大野是奈奈實小姐的弟弟嘛。」

「這也是原因之一……另一個原因是我覺得他和我很相像。」

聽祂這麼說，良彥有些驚訝。

天道根命垂眼看著自己的腳邊，繼續說道：

「他很像認識奈奈實小姐之前那個逃避現實的我。」

那時候，祂不敢正視輪廓逐漸模糊的自己，變得自暴自棄；也不敢向周圍吐露心事，只好掩蓋一切，選擇孤獨。

「剛才我情急之下想追上去，就是因為這個緣故。我擔心他再這樣下去，連旁人伸出的援手都會拒絕。」

良彥一面聆聽天道根命說話，一面仰望染成深藍色的天頂。在這個街燈稀少的地方，映入眼簾的星斗比良彥熟悉的京都天空更多。

「差使兄，這句話由我來說或許有點奇怪……」

天道根命筆直凝視著良彥，白皙的臉頰暴露在夜色之中。

「請你多關心你的朋友。」

良彥輕輕地瞪大眼睛，沒想到祂會這麼說。

「要是連差使兄都離他而去，他就真的變得孤孤單單的。」

看著垂眼如此說道的天道根命，良彥突然意會過來。

其實祂一定很想親自關心達也吧。

在達也恨恨地說他不想懂並轉身奔跑離去時，祂一定很想追上去，訓斥他不該這麼說。

這是為了回報達也姊姊的恩情。

也是為了將她教導給自己的道理傳達給她弟弟。

「這件事由我來做行嗎？」

良彥問道，天道根命錯愕地眨了眨眼。

「咦？你、你也知道，我是神，不能干涉凡人的私事……」

「祢是北島啊！」

良彥指著祂束起的頭髮、身上的ＰＯＬＯ衫和牛仔褲，笑著說道。

「祢現在是北島。」

天道根命不禁屏住呼吸，啞然無語。

「良彥。」

趴在地上的黃金突然動了動耳朵，抬起頭來。祂的鼻尖指著行駛於田間小路的某輛車。

「……知道了。」

良彥望去，拍掉草屑站起身來，等待車燈接近。

「你們等了兩個小時啊……」

達也的父親回到家，發現等在門前的良彥，一方面感到驚訝，一方面又為了他的熱忱而感動，連忙請良彥和自稱北島的天道根命進屋裡。

「很抱歉，做出這種像跟蹤狂一樣的舉動。可是，有件事我一定得請教您。」

他們被帶往鋪著榻榻米的客廳，不知是幾天前的報紙、傳單、廣告信和自治會報占據了榻榻米，衣服也是脫下以後就隨手亂扔，和授予所一樣凌亂。桌上的置物盒裡雜亂無章地放著眼鏡、指甲剪、電視遙控器、不知是什麼藥物的軟膏、集點卡和護手霜試用品等等。

面向庭院的窗戶敞開，達也的父親點燃了螺旋狀蚊香，電風扇在房間角落擺頭，攪拌潮濕的空氣和蚊香的煙霧。

「白天我跑了幾間博物館和民俗資料館，碰到的人都叫我來問大野先生。」

大家都這麼說，良彥當然不能不來訪。如果告訴達也的父親名草之冠其實是紅色的，或許他對於天道根命的白色髮簪會有什麼新看法也說不定。

達也的父親走進廚房時，似乎是初次進入民宅的天道根命一臉新奇地環顧四周。祂的視線停駐在電話檯子上的某樣物品，並靠上前去觀看，黃金也跟著湊過鼻尖。

「……這是……」

那似乎是女性的髮夾，鏤空的花朵狀裝飾一片一片、仔仔細細地接合起來，整體設計為古典風格。這個髮夾放在這個客廳裡顯得有點格格不入，因此良彥也忍不住和祂們一起端詳。莫非這個髮夾是達也姊姊的飾品？

此時，達也的父親端著麥茶回來了。

「你們在幹什麼？」

「啊，對、對不起，只是覺得這個東西很罕見……」

天道根命連忙解釋，並舉起雙手，表示自己並未觸碰。

「這是奈奈實小姐的嗎？」

良彥略帶顧慮地問道，達也的父親一面把麥茶放到桌上，一面簡短地回答：

「不，是我太太的。」

此時，良彥發現電話檯子上有張四人合照的全家福照片。年幼的達也身旁是面露溫柔微笑的姊姊，她和後方的母親長相十分相似。

「那是結婚以後我送她的第一件禮物，我捨不得丟掉，所以才留下來。以前奈奈實也常拿去用。」

「這樣啊……」

良彥再次道歉。他一方面慶幸自己沒有不小心弄壞母女兩代相傳的髮夾，同時也對於達也的父親竟然還妥善保管著這件物品感到意外。

「讓你們等這麼久，真不好意思。我去醫院探望女兒，順便去處理一些瑣事，所以才弄到這麼晚。」

達也的父親收拾心緒，請良彥及天道根命喝茶。他那種難以親近的印象似乎比昨天見面時緩和了些。

「奈奈實小姐怎麼了嗎……？」

「不，只是醫生說和她說話很重要，所以我盡可能每天都去探望她。我做得到的也只有這件事了。」

達也的父親望著電話檯子上的照片，良彥滿心意外地看著他的側臉。今天的他感覺很溫和，或許是因為剛去探望過女兒之故。這麼說來，達也知道父親常去醫院探望奈奈實嗎？

「我也很想再見你一面。」

良彥想起他昨天看到髮簪的照片以後雙眼閃閃發光的模樣。

「你要問我什麼事？」

達也的父親喝了口麥茶，如此問道。

良彥與天道根命四目相交，下定決心後開口說道：

「……其實我有件事要告訴您。」

良彥從自己的斜背包中拿出請洋治幫他影印一份的資料。

「這是奈奈實小姐在車禍前一天交給洋治大哥保管的資料，聽說是在氏子家的舊倉庫裡找到的，上頭有關於名草之冠的記述。」

達也的父親聞言立刻臉色大變，目不轉睛地盯著資料。

「上頭寫說『名草戶畔即是頭戴丹冠之清淨巫女』……換句話說，名草之冠可能是丹色，也就是紅色。」

達也的父親聽著良彥的說明，自己也跟著閱讀漢文，身體下意識地顫抖。對他而言，這是關於名草戶畔的新發現，難怪他如此興奮。

「這是……奈奈實她……？」

他呻吟般地問道，良彥點了點頭。

「她為了給伯父一個驚喜，拜託洋治大哥替她翻譯，約好隔天再去拿，結果出了車禍……洋治大哥也大受打擊，顧不得這些資料……」

沉悶的沉默支配了現場，只有在房裡持續轉動的電風扇馬達聲格外響亮。

「是嗎……洋治他……」

達也的父親恍然大悟似地連點幾次頭，又做了個深呼吸，好讓自己冷靜下來。

「那天方寸大亂的不只有我們一家人。尤其是洋治，他從小就和奈奈實跟達也很要好，看他那麼憔悴，連我都忍不住擔心起來。」

雖然從那頭亂翹的頭髮和飄然不羈的態度完全無法想像，但洋治或許也是因為那場車禍而受傷的人之一。

達也的父親愛憐地輕撫資料影本，微微一笑。

「沒想到那孩子會在這時候送這份禮物給我……」

他的神情充滿慈愛，完全不像昨天見到的那位眼神銳利的宮司。

「所以你看了這份資料以後，有問題想問我？」

達也的父親抬起頭，良彥這才回過神來說道：

「對。我想問的是這個的來歷。」

對名草戶畔的研究比任何人都深入的他，應該不需要良彥再多費唇舌說明吧？天道根命似乎感受到良彥的意思，立刻解開祂帶來的包袱，將外露的木盒放在達也的父親面前，並緩緩地打開蓋子。

「……這是昨天看到的……」

達也的父親沒能繼續說下去，瞪大眼睛地倒抽一口氣。

髮簪在日光燈下依然白潤動人，雖然年代久遠，看起來卻彷彿散發著淡淡的光芒。

「請拿起來看，別客氣。」

在天道根命的聲音引導下，達也的父親抖著手觸碰木盒。不知何故，他甚至屏住了呼吸。

他並未直接觸摸，而是從口袋中拿出藏青色手帕包覆，再從濃紫色的墊布上拿起白色髮簪。

「……好美……」

甦醒的髮簪裝飾品互相撞擊，發出清脆的聲音，宛若一陣橫渡森林的涼爽清風吹過這個雜亂的客廳。

「就連長年研究名草戶畔的您都將它誤認為名草之冠，不過，這也是理所當然的，因為它和水墨畫上的髮簪長得一模一樣。」

良彥望著在達也的父親手中晃動的髮簪。

「可是，現在出現名草之冠是紅色的說法，這根髮簪就變得來路不明……」

他們曾一度做出結論，認為這根髮簪便是名草之冠，如此一來，天道根命夢中的女子和祂對這根髮簪的恐懼全都有所解釋。

「這根髮簪是我家代代相傳下來的。」

天道根命接過良彥的話頭，開口說道。

「我家的家系可以追溯到天道根命，可是，這根髮簪是什麼來歷、為何會成為我家的傳家之寶，沒人知道。」

天道根命以人類北島的身分說明緣由。

「我很想知道這根髮簪是什麼來歷。它和名草之冠一模一樣，或許是同一個時代製作的。如果是這樣——」

天道根命的雙眼散發強而有力的光芒。

「這根髮簪應該見證了我的祖先及天道根命的歷史。」

聽到這句話，達也的父親心下一驚，凝視著天道根命。或許這就是同為追尋古代謎團之人心靈互通的一瞬間。

「……如果名草之冠真是紅色的，這根髮簪有可能是後世人們製作的仿製品。很抱歉，光用看的，我看不出它的製作年代。」

達也的父親小心翼翼地將髮簪放回木盒，放鬆僵硬的肩膀，吁了口氣。

「不過，如果姑且當它和名草之冠是同一時期製作的，那麼，它有可能是還沒上丹漆，或是顏色剝落了；又或許是比持有名草之冠的酋長位階更低的人所持有的物品。」

「位階更低的人？」

良彥反問，達也的父親點了點頭。

「對。你應該知道聖德太子制定的冠位十二階吧？」

達也的父親說得理所當然，良彥情急之下擺出「當然知道」的笑臉。聖德太子他是聽過，但對於冠位十二階記憶模糊。黃金隔著桌子投來的視線刺得他發疼。

「這項制度就是以冠冕的顏色來區分位階。或許這根髮簪也一樣，若以紅色冠冕為頂點，其他顏色便各自代表不同的位階及職務。」

「原來如此……」

良彥沉吟著。如果把身為酋長的名草戶畔視為總裁，底下可能還有副總裁、經理、課長等職位。不過若是如此，也該有其他顏色的髮簪啊？莫非剛好只有白色髮簪流傳到現在？

「那麼，這根白色的髮簪為什麼會落到天道根命一族的手上呢？天道根命是名草戶畔的敵人吧？」

雖然不知道用「敵人」二字形容是否正確，但起碼天道根命是隸屬於神武陣營的。

良彥身旁的天道根命一臉不安地聆聽著。既然髮簪為祂所有，那根白色髮簪是仿製品的可能性近乎於零。

「來這裡之前，我們也去找過洋治大哥，請教他同樣的問題。他說天道根命的相關史料少之又少，鮮為人知，是一尊連出身都令人存疑的神明。」

達也的父親盤起手臂，若有所思地聆聽良彥的話語，並頻頻點頭表示贊同。

「洋治說得沒錯。我手頭的資料裡，都只有提到天道根命奉命統治紀國，其餘一無所知。就算名草戶畔和天道根命真的有某種關係，現存的文獻應該都沒有記載。」

「沒有嗎……」

達也的父親說得如此斬釘截鐵，令良彥有點困惑。見狀，達也的父親繼續說道：

「這是有理由的。倘若名草戶畔和天道根命其實交情深厚，正史絕對不會描寫這層關係。

如果誅殺了名草戶畔，卻由她的親朋好友統治紀國，這樣神武的面子要往哪裡擺？」

「……換句話說，不能把記載了這層關係的文獻留下來……」

話說出口，良彥感受到前所未見的深淵，不禁打了個顫。

「這和名草戶畔究竟是被殺害或投降的也有關吧……？」

面對良彥的問題，達也的父親望著他的眼睛，緩緩點了點頭。

「除了我以外，岳父和岳祖父也都主張名草戶畔投降說。據說有文獻支持這個說法。」

達也的父親回想著當年，視線垂落桌邊。

「然而這份文獻至今仍未發現。在明治時代初期失傳之後，我的岳父和岳祖父就再也找不到了。如果找到這份文獻，或許能更加了解天道根命……」

說著，達也的父親深深嘆一口氣。

「我並不是想批判正史，也不是想誇耀自己的見解才是正確的。我只是不希望世人遺忘這則傳說，忘記曾有名草戶畔這名溫柔的『母親』存在……」

這句話深深打動良彥的心，想必這就是達也父親的真心話吧。

將風化的古代傳說口傳至今的人們懷抱的情懷。

「不希望世人遺忘……」

天道根命喃喃地複述，宛若在說祂自己一般。

祂也是即將被世人，甚至被自己所遺忘。

「……時間已經這麼晚啦？我送你們去車站吧，這一帶的巴士很早就收班。」

達也的父親仰望柱子上的時鐘，如此說道並站了起來。良彥也跟著起身，五味雜陳地嘆了口氣。到頭來還是什麼都不確定，或許要解開兩千多年前的所有謎團，本身就是一件不可能的任務。

「你叫北島啊？」

達也的父親對在玄關穿鞋的天道根命說道：

「你要好好珍惜那根髮簪。如果可以，我希望你送去相關的機構進行調查，不過我也不能勉強你就是了。」

聽到他這番衷心的懇求，天道根命將包袱緊緊抱在胸口。

「我會自己再調查一下。如果這是褪了色的名草之冠……」

潮濕的夜晚氣息從良彥打開的玄關竄進來。

蟲鳴聲和蛙叫聲。

泥土和青草的香味。

天道根命露出與少年模樣毫不相襯的穩重笑容。

「到時候我一定會把它歸還給你。」

聞言，達也的父親瞪大眼睛，忍著滲出的淚水眨了幾次眼，並點了點頭。

「謝謝……」

黃金穿過良彥腳邊，走到外頭。良彥循著祂的金色尾巴往外望去，只見銀河如白煙一般在漆黑的天空中流動著。

四

隔天，良彥聯絡穗乃香告知進展，並在打工完後和她會合。穗乃香從良彥口中得知這次差事的始末，沉默片刻，在腦中整理思緒之後，才喃喃說出這番感想。

「……情況好像很複雜……」

「結果我昨天將近十二點才回到家，今天一大早又得打工……雖然我決定留下來等伯父時就已經知道會變成這樣，但還是好累……」

良彥倚在沙發上啜飲著冰咖啡。
傍晚的速食店裡滿是前來避暑的學生。這裡地近大學，因此大學生比穿著制服的高中生更多。現在似乎正值前期考試期間，學生聚在一起閱讀筆記的身影映入眼簾。
「畢竟是在調查兩千多年前的事啊。即使對於我們神明而言，那宛若昨日；可是對於凡人而言，卻是許久以前的事。」
黃金靈巧地舔著要求良彥點購的香草奶昔，一副事不關己的模樣說道。良彥用不悅的眼神看著祂。
「是啊，而且在這種時候幫得上忙的方位神大老爺又格外冷淡。」
「什麼話！辦理差事是差使的責任，豈有我幫忙的道理！」
黃金用力拍打良彥的大腿，提出抗議。
「啊，可是，多虧了穗乃香，我才想到要調查那根白色髮簪究竟是不是名草之冠。真的很感謝妳。」
如果當時就那麼讓天道根命蓋下朱印，結束這項差事，他們就不會得知真正的名草之冠其實是紅色的，以及奈奈實留下的資料。
「……我做的事不算什麼。」

穗乃香微微搖了搖頭，紅著臉撇開視線。

「全都是因為良彥先生一心為神明著想，盡心盡力……」

雖然已經放暑假了，但整個七月都要補課，因此穗乃香上午仍然得上學。今天和良彥見面之前，她一直待在圖書館裡消磨時間，所以身上還穿著短袖制服。白皙纖瘦的手臂外露，更加凸顯出她的美貌。

「良彥先生的朋友如果接下差使的工作，或許就會對神明改觀……」

「哎，別說要當差使了，在大野心中，神明和神道根本是無稽之談。不過，如果大野身為神職人員的姊姊健健康康的，或許情況會有點不同吧。」

良彥想起達也訴說那場車禍是由自己造成時的模樣。對他而言，侍奉神明的姊姊變成那樣，自己卻只有骨折，當然有滿肚子憤懣無處宣洩。就像過去的良彥一樣，達也想必也是認為神明會實現人的願望，鐵定無法理解神明為何不對人類伸出援手，反而要求人類替祂們辦事。

「說不定他曾開過『救我姊姊，我就答應當差使』之類的條件……」

良彥用吸管攪拌冰塊變小的冰咖啡。說歸說，眷屬神是不可能答應這種條件的。

「……不過，我覺得有點羨慕。」

穗乃香看著水滴滑落冰奶茶的塑膠杯表面，如此喃喃說道。

「羨慕什麼？」

「出車禍當然是件很遺憾的事，不過……」

穗乃香連忙訂正，尋找著言詞說道。

「我沒有兄弟姊妹，所以……」

她有些困擾地垂下視線。

「很羨慕她有個這麼為自己著想的弟弟……」

良彥擁有一個被方位神評為凶神惡煞的妹妹，因此這種感想對他而言相當新鮮。當良彥陷入危機時，妹妹肯不肯救他，應該是取決於他平時的表現；不過，即使沒有明確地說出口，他相信妹妹還是會擔心他，而他也一樣。如果妹妹代替自己受了傷，即使她平時再怎麼凶神惡煞，良彥都會感到心痛，也會自責為何受傷的不是自己。無論她是凶神或惡煞，她都是這個世界上和自己血脈相連的唯一一個妹妹。

良彥叼著吸管陷入沉思，視野角落突然映出一個白花花的物體，他往那個方向望去，只見一位和廉價速食店格格不入的美女，迫不及待地向良彥揮了揮手。

「哎呀，真巧！可以打擾你們嗎？」

與良彥四目相交的修長美女心滿意足地微笑，走向他們的座位。素雅的白色緊身無袖洋裝和優雅的高跟涼鞋，修長的手腳和戴著細緻金手環的纖細手腕；華麗的捲髮襯托著嬌小的臉蛋，只不過是站在那裡就替空氣增添了色彩。

「……祢怎麼在這裡？」

良彥呻吟似地喃喃說道。這樣的美女他只認識一位，不，是一尊，而且是敢頂著如此引人矚目的外貌獨闖居酒屋和拉麵店的勇者。

「我早就在旁邊看啦，只是覺得你們好一段時間沒見面，或許有話要慢慢聊。我是不是太早出現了？」

身為祇園祭主角須佐之男命的女兒，同時是大國主神正室的須勢理毘賣，帶著依然不變的美貌，妖豔地微笑著。

「祂很想念我，所以還幸祭未到就先回來了。真是尊可愛的毘賣啊！」

大國主神從須勢理毘賣的身後現身。昨晚良彥回家時沒看見祂，還以為祂乖乖離開了，沒想到又在這裡見到祂們夫妻倆。

「因為我不盯著祢，不知道祢會幹出什麼好事啊。」

哈哈哈！呵呵呵！相視而笑的出雲夫妻令良彥感到一陣寒意，不禁打了個冷顫。祂們之間真的只有愛嗎？

「……其實祂們昨天一起跑來我家……」

兩神硬是在四人座沙發上坐下，穗乃香有些抱歉地說道。

「今天祂們想參觀學校，所以一直和我在一起……」

「祢們到底在幹嘛……？」

沒想到自己前去和歌山的期間，居然連須勢理毘賣都來了，還跑去穗乃香家當不速之客。

「沒辦法，良彥不在，我們閒得發慌啊。我是在祭典途中偷溜出來的，總不能光明正大地在外面玩吧？」

須勢理毘賣換了個姿勢，蹺起修長的雙腿。

「難得離開出雲，我想在京都觀光一下。但純觀光不好玩，我想看看普通凡人的生活。」

「所以就跑去天眼的女娃兒家啊……」

黃金投以傻眼的視線。通常獨來獨往的穗乃香究竟算不算「普通」令人存疑，不過好歹是高中女生的生活。

「追根究柢，都是良彥不好，一直不回來。整套《源氏物語》我都看完了，閒著沒事幹。哎，但你既然是去辦差事，那也沒辦法。」

大國主神的長腳同樣無處可放，祂倚在沙發上說道。祂們夫妻倆的身材都這麼好，實在太沒天理。

「呃……對不起，穗乃香……」

良彥覺得自己有責任，開口道歉。他本來以為大國主神跑去哪座別院了。

「沒關係……雖然我有點吃驚，可是熱熱鬧鬧的，很開心……」

穗乃香微微露出苦笑，如此說道。不知何故，須勢理毘賣也得意洋洋地挺起胸膛。

「再說，我們不光是發酒瘋而已。」

「祢們還發酒瘋……？」

良彥一臉不悅地放下喝到一半的冰咖啡。看來他之後得仔細問問穗乃香，到底有多「熱鬧」才行。

就在良彥暗自嘆氣時，須勢理毘賣用手肘頂了頂坐在身旁的穗乃香。

「穗乃香，快送給他啊！」

「咦？現、現在嗎……？」

「現在不送要什麼時候送？我就是為了見證這一刻才跟來的。」

「呃、呃，可是……」

「妳們在說什麼？」

跟不上對話的良彥詢問，穗乃香緊張得身體僵硬，並戰戰兢兢地遞出身旁的紙袋。

「這、這個……」

良彥接過的紙袋比想像中更重，他窺探袋內，只見可愛的粉紅色格紋小袋子裝著某種褐色物體。

「我和須勢理毘賣一起做了磅蛋糕……如果你不嫌棄的話……」

面紅耳赤的穗乃香垂著頭，細若蚊聲地說道。

「穗乃香說她廚藝不好，所以我幫了一點忙，算是答謝她讓我借住。」

穗乃香羞怯地從良彥身上移開視線，而須勢理毘賣正好相反，自信滿滿地探出身子。

「哦？蛋糕啊？快點打開來看看吧！良彥。」

黃金的雙眼倏地閃閃發光，用前腳拍打著良彥的手，出言催促。良彥依言取出袋子，發現裡頭裝著四片微焦的磅蛋糕。

「好厲害喔。我可以收下嗎？」

穗乃香的廚藝有多差，良彥已經親眼見證過了。不過，她似乎並未以泡芙為終點，仍然持續進行挑戰。雖然蛋糕有點烤焦，但還沒到不能吃的地步；再說，穗乃香特地為自己下廚，讓良彥很開心。

「這是我和穗乃香努力做出來的，就當作是你辦理差事的獎勵吧。」

穗乃香不敢直視良彥的臉龐，滿臉通紅地垂著頭。不知何故，須勢理毘賣正好和她相反，抬頭挺胸、得意洋洋地說道。

「哎，須勢理只是在穗乃香身邊念食譜而已。」

大國主神輕聲說道，以防被女性們聽見。

仔細想想，須勢理毘賣是須佐之男命的女兒，同時是大國主神的妻子，可說是名媛中的名媛，而且又是神明，平時不太可能下廚。

「雖然這樣說神明有點不敬，但這是明智的抉擇……」

良彥喃喃說道。如果須勢理毘賣出手，蛋糕鐵定不只是微焦而已，而是會製造出某種異想天開的玩意兒。

「……呃，如果這會造成你的困擾……」

緊張與羞怯已經到達頂點的穗乃香突然抬起頭來，結結巴巴地說道。

「咦？我一點也不困擾啊！」

已經開始拆封的良彥拿出一片蛋糕。

「你、你要在這裡吃嗎？」

「不行嗎？啊，要是被店員看見就糟了。」

良彥瞥了收銀台一眼，正好有一群學生圍著菜單在點餐，完全沒人注意這裡。良彥不管三七二十一，面朝手足無措的穗乃香咬了一口蛋糕。綿密的蛋糕體、適度的甜味和奶油香在口中擴散開來，雖是平凡無奇的樸素味道，卻讓良彥心頭暖洋洋的。

「啊，這個好好吃喔！」

良彥忍不住說道，並微微一笑。邊緣略微烤焦、帶點苦味，也算是別有一番風味。

見良彥咬下第二口，黃金也從袋子裡搶走一片蛋糕。

「……我降低了甜度……希望合你的口味……」

臉部僵硬的穗乃香露出如釋重負的表情，緊繃的嘴角也放鬆。良彥見狀，頗為認真地心想，能夠看見她含蓄的笑容，就算是烤成黑炭的蛋糕自己也肯吃吧。

「大國主神送了我很多麵粉，正好可以拿來用……」

「……大國主神送的麵粉？」

聽到這個危險的字眼，良彥緩緩地回頭望著身旁的男神。

「這該不會是……大氣都比賣神的……」

良彥這才想起大國主神上門時帶著一堆幾乎抱不動的食物前來。

「對啊，我聽從你的建議，磨成粉了。」

良彥面帶笑容，暗下決心，待會兒一定要好好逼問答得滿不在乎的大國主神。

⛩

「聽好了，像大氣都比賣神這種女神生出食物的行為，和屍體生出番薯、五穀的外國神話有共通之處，可說是人類生存的食物鏈根源。」

送穗乃香回大主神社學插花的路上，大國主神開始對良彥曉以大義。

「大氣都比賣神也一樣，祂被須佐之男命斬殺之後，從肉片生出大豆和麥子，現在你們凡人都在吃這些東西。仔細想想，從屁股生出來的小麥意思不也一樣？」

「才不一樣！有微妙的不同！等等，那些小麥果然是從屁股生出來的嗎？」

良彥和前方的女性們保持距離行走，以免被她們聽見。

「祢幹嘛讓穗乃香用那種小麥做蛋糕啊！」

穗乃香知不知道小麥的來源不得而知，但如果可以，良彥想吃她用吉田家的低筋麵粉製作的食物。

「因為我猜如果是穗乃香做的，你就會吃了。」

「祢為什麼這麼想讓我吃啊！」

良彥駁斥毫無反省之色的大國主神，喟然長嘆。大國主神大可以不管他，讓可以接受的人吃就好，何必拖他下水？

「不好吃嗎？」

被祂這麼冷靜一問，良彥不禁結結巴巴。

「也、也不是不好吃啦……可是，那是因為是穗乃香做的啊！」

「對吧？那你乖乖吃掉就好啦。」

西斜的太陽拉長了建築物的影子，積蓄白天熱氣的柏油路依然在散熱；路邊有著原木格子窗的民宅庭院裡，紫紅色的芙蓉花瓣已然凋零，告知一天即將結束。

「沒想到良彥的個性這麼吹毛求疵，也不想想自己的衣櫃裡還不是亂七八糟的。」

大國主神瞥了良彥一眼，故意對黃金輕聲說道。

「就是說啊。明明自己也曾在電腦前睡著，居然還敢批評我的睡相，老是在這些奇怪的地方顯得如此神經質。」

「對不起啊！我這麼吹毛求疵又神經質。」

扯睡相未免扯得太遠了。再說，神明和人類的感受本來就不該相提並論。

「哎，不過也好，既然你這麼吹毛求疵，這件事應該也不會輕易忘記吧。」

大國主神啼笑皆非地吁了口氣，良彥訝異地望著祂的側臉。

「不能忘記嗎？」

「當然啊。若是沒有食物，凡人輕易就死了。尤其是現代的凡人，往往忘了他們是在食用生命。」

「這是兩碼子事吧？」

良彥皺起眉頭回道。他並不是不明白食物的可貴，只是對於從屁股生出來的食物有些抗拒而已。

「你生在豐饒的時代。」

大國主神那雙見證了漫長歷史的眼眸之中，突然增添一股看穿凡人所有心思的色彩。

「以後你看到穗乃香的蛋糕，就要想起人們從前曾有過極度恐懼飢餓的時代。」

良彥依然難以釋懷，含糊地點了點頭，凝視著身旁仰望色彩轉淡的天空的神明。

過了下午五點才抵達的大主神社裡沒有香客，孝太郎正在蟬鳴聲大作的境內打掃。祇園祭的重頭戲——前祭宵山（註9）和山鉾巡行已經結束，因此觀光客似乎比巔峰時期減少許多。這個時期的京都由於梅雨季剛過，天氣又悶又熱，氣溫直線上升，本來就不是適合觀光的季節。

目送穗乃香前往參集殿後，大國主神祂們說要去向大主神社的神明致意便離開了。良彥走向揮動掃把的孝太郎，隨興地打了聲招呼。

「良彥，你昨天很晚才回家啊？」

孝太郎用一如平時的冷靜目光看著他，如此問道。

「八點多的時候，我帶著氏子送我的賀茂茄子去找你，可是你的家人說你還沒回來。」

「嗯，我昨天去了和歌山一趟……」

良彥在將近九點時才離開和歌山，回家大約需要兩個小時。他回到家時，母親已經就寢了，因此他現在才知道孝太郎曾經來訪。

「你跑去和歌山幹嘛？」

孝太郎反問，良彥一時語塞。

「呃，就……突然想看海……」

死黨的狐疑目光刺得他發疼，或許他該說他跑去遊樂園看貓熊比較好。

「你最近老是做些莫名其妙的事，一下子尋寶找杓子，一下子跑來向我打聽田道間守命的事……」

孝太郎深深地嘆了口氣，揮動掃把。

「你是情緒不穩定嗎？」

「我的心理狀態很健康。」

良彥板著臉回答。他只是在辦理差事而已，可不希望別人這麼看待他。

「別說這個了，孝太郎，你知道名草戶畔嗎？」

良彥改變話題，提起這個名字。

「名草戶畔？」

孝太郎抬起頭來，皺著眉頭反問。

「對，她是古時候住在和歌山名草地方的女性酋長，擁有一根叫做名草之冠的髮簪；據說在神武東征時曾和神武軍交戰，結果被殺掉了。」

良彥並不認為孝太郎必定精通神代或古代史，但為了慎重起見還是姑且問問，或許能發現

註9：在本祭的前一晚舉辦的小祭典，通常特指京都祇園祭的宵宮祭。

解決差事的線索也不一定。

「從你口中說出神武東征這個詞，才是最讓我驚訝的事。」

「……嗯，我也沒想到去一趟和歌山，居然會學到神武東征的事……」

比起他分不清神社和佛寺的時期，肯讀《古事記》已經是種莫大的進步。

「話說回來，孝太郎，你果然也不知道名草戶畔？」

看他的樣子，似乎連名字都沒聽過。

「名草戶畔只出現在《日本書紀》，而且語焉不詳，這小子不知情亦是情有可原。」

黃金在良彥腳邊抬頭仰望他。的確，良彥的白話版《古事記》中完全沒提到名草戶畔。

「當時被皇軍殺掉的人多得是，事蹟當然不會一一流傳下來……」

良彥嘆了口氣。就連名草戶畔居住過的土地也一樣，除了達也的父親以外，幾乎沒人在研究名草戶畔；與名草地方毫無關聯的孝太郎不知道亦不足為奇。甚至該說，除非是熱愛古代史，否則不知道是很正常的。

「我不知道名草戶畔發生了什麼事，不過神武軍也不是冷酷無情地趕盡殺絕。」

其實我不是很清楚——孝太郎先如此聲明，才又繼續說道：

「我記得神武東征是從九州的日向出發，不久後進駐宇佐，並在宇佐締結了和議。地方豪族之中，也有人沒打仗就直接歸順了。」

「沒打仗？」

對於聽聞「進攻」兩字就以為一定有打仗的良彥而言，這是個意料之外的資訊。

孝太郎暫停打掃，轉向良彥。

「良彥，其實對人類而言，戰爭是最後的選擇。古時候不像現在這樣有穩定的糧食和居所，與其和別人爭鬥，不如攜手共存、延續血脈比較重要。所以，據說古代的日本人沒有打仗的概念。」

溫熱的風吹來，神社境內的樹木一陣騷動。良彥看著孝太郎的衣袖翻飛，歪頭納悶。

「神武東征也是那個年代的事嗎？」

良彥抓不準時代。

孝太郎盤起手臂，仰望天空。

「不，是更後來的年代，應該是跟外來民族學到打仗以後的事。不過，對於當時的人而言，不戰共存並不是困難的選項。」

此時，良彥的腦海中浮現達也的父親拿給他看的那幅畫，那幅名草戶畔對著衣冠楚楚的神武卑躬屈膝、獻出髮簪的水墨畫。達也的父親主張，為了保護子民，她親自低頭降伏，而神武也接受了，那是場和議。

「良彥～」

就在良彥理不出頭緒而抱頭苦惱時，大國主神走下了通往大天宮的坡道。

「須勢理說祂想去川床，你知道現在哪裡還訂得到位嗎？最好是配得上我這尊禪讓給天津神的大國主神的地方。」

良彥望著悠悠哉哉地說出這番話的大國主神，感到虛脫無力，正想回嘴時，卻突然倒抽一口氣。

「……對喔！出雲也禪讓過……」

擁有天津神血統的神明攻打國津神的土地，和建御雷神奉天照太御神之命逼迫大國主神禪讓出雲的事蹟有共通之處。

「咦？幹嘛？別一直盯著我看嘛，現在才發現我的美啊？」

良彥無視自賣自誇的大國主神，轉向孝太郎。反正孝太郎看不見大國主神。

「孝太郎，出雲的大國主神也是沒打仗就讓出了自己的領土吧？」

沒錯，為何自己先前沒發現呢？

毫髮無傷地讓出領土的神明就在眼前啊。

「是沒錯，可是你居然會提起神明的名字，明天會不會下冰雹啊？」

孝太郎拿著掃把，一臉不安地仰望天空。

良彥告訴自己要冷靜，逐步整理混亂的腦袋。

「既然如此，名草戶畔不戰而降，也沒什麼好奇怪的……」

至少不打仗並不是一件可恥的事。有宇佐的前例在先，身為部族酋長的名草戶畔選擇和平之路，並沒有什麼好不可思議的。

再說，如果這是史書上沒有記載的「事實」，神武的威武進軍背後隱藏的真相，或許不只有一個。

「對喔，或許天道根命也是……」

力量衰退、連自己的事也一無所知的祂，是洋治口中的神祕神明，連出身都令人存疑。以饒速日命的護衛身分下凡的天道根命和神武本來毫無關聯，為何會奉命統治紀國？為何祂的手中留有與名草之冠一模一樣的白色髮簪？

或許其中存在悄悄被改寫的歷史。

「……孝太郎，我想起還有事情要辦……」

良彥從牛仔褲口袋中拿出智慧型手機，搖搖晃晃地邁開腳步。

「良彥？」

「我還會再來！」

良彥如此回覆呼喚自己的孝太郎，衝下境內的階梯。

還是必須再去請益達也的父親一次，他的名草戶畔投降說是事實的可能性變高了。若以此為前提進行推論，或許會得出不同的觀點。

黃金目送良彥離去，頓了一頓，才回頭對大國主神說道：

「……大國主神，我不知道祢在打什麼算盤，但是做得太過火可是會觸怒天顏啊。」

算準時機現身在良彥面前宣揚禪讓經驗的大國主神故作納悶之色。

「祢在說什麼？我只是希望良彥能夠好好完成差使的分內工作而已。」

祂的嘴角帶著藏不住的笑意。

「以及名草戶畔的心願……」

衝下階梯的良彥來到手水舍旁邊才停下腳步，並用智慧型手機查詢達也家神社的電話號碼。達也的父親應該回神社了吧？希望能和他約個時間見面。

「不知道他會不會接……」

良彥在簡樸的網站上找到了電話號碼，慎重地按下按鍵，以免撥錯號碼。隨著撥號的鈴聲逐漸增加至三次、四次，一股莫名的焦躁感襲向良彥。如果達也的父親正在祈禱或接待客人，或許分不開身接聽電話；又或許他已經回家了。

「……啊，喂？」

鈴響七聲之後，電話總算接通了，然而對方卻沒有任何反應。良彥詫異地問：

「對不起，請問是大野先生嗎？我是萩原……」

莫非自己打錯電話？在一陣令人感到不安的沉默過後，接聽者終於開口說話。

『……萩原？』

聽到這道聲音，良彥瞬間屏住呼吸。雖然聲音嘶啞又陰鬱，但良彥絕不會弄錯。

「大野……？」

良彥記得洋治曾說過，達也離家在外獨居；看他對待父親的態度，應該不常回家，更別說是去神社。

「大野，怎麼了？發生了什麼事嗎？」

從他的聲音之中，良彥感覺到事有蹊蹺，便如此詢問。

電話彼端傳來的聲音細若蚊聲，不似平時的達也。

『……為什麼……會變成這樣……』

良彥重新拿好智慧型手機，並調高音量，以免遺漏達也的話語。

「大野，振作一點，到底發生什麼事？」

良彥鮮少見到大野如此不安，不，甚至可用反常形容。良彥感覺到冷汗沿著自己的背上滑落，心跳也自然而然地加速。

『萩原……』

達也從喉嚨深處擠出聲音說道：

『我爸他……我爸他——』

要點

神明講座 2

告訴我神武天皇和神武東征的事蹟！

接受大國主神禪讓的天照太御神，命令孫子邇邇藝命下凡至日向國的高千穗。邇邇藝命在高千穗開枝散葉，而祂的曾孫就是日後成為神武天皇的神倭伊波禮毘古命。神倭伊波禮毘古命認為要統治這個國家，從東方著手比較適合，因此便跟著兄弟一起踏上東征之旅。歷盡了千辛萬苦之後，祂在橿原建造宮殿，並於西元前六百六十年二月十一日（現在的日本建國紀念日）即位為初代天皇。此時的王權發展成大和朝廷，之後從未改朝換代，一直延續至今日。

雖然有各種學說存在，但若神武天皇當年即位是事實，那麼同一個王朝持續了兩千六百多年且現在仍然存在的國家，就只有日本一個。擁有第二長皇室歷史的是丹麥，其次是英國。

要點

神明講座 3

饒速日命是什麼樣的神明？

根據《先代舊事本紀》，饒速日命是比邇邇藝命更早下凡的天津神，但是在《古事記》和《日本書紀》中並沒有詳細的記述。

饒速日命帶領天道根命等擁有製造鏡子及駕船等各種技術的神明，搭上了天之磐船，在河內國的哮峰下凡。之後，祂娶了長髓彥的妹妹（另一說為女兒）入贅為婿，並生下孩子。

此外，也有一說認為邇邇藝命的哥哥天火明命和饒速日命為同一尊神，為了避免神倭伊波禮毘古命被視為侵略者，才不在《古事記》及《日本書紀》中詳細記載。

有一說認為《先代舊事本紀》是偽書，
書中記載究竟有幾分為真不得而知。
不過，饒速日命的子孫成為物部氏的
始祖並活躍於朝廷中樞似乎是事實。

三尊　女王的遺言

一

「迦耶……迦耶，振作點！」

宛若從幽暗的水底緩緩浮上水面一般，睜開眼睛後，她看見堂姊的臉龐。

「……木與，不叫我名草戶畔，小心又挨婆婆罵……」

光是說完這句話，就花了不少時間。她無法順利吸氣，口乾舌燥。木柴燃燒的氣味和墊在身體下的動物毛皮觸感傳來，橫躺著的背部猶如被抓傷一般疼痛。

「只要妳平安無事，要我挨多少罵都沒關係。妳怎麼這麼胡來，居然去幫阿彌多擋劍！」

聽了堂姊的話語，模糊的記憶緩緩甦醒。

沒錯，和敵軍交戰之際，她為了保護弟弟，不由自主地衝到劍尖前；中劍的背上一陣灼熱，接下來她便不省人事。不過，從每吸一口氣全身就痛得她險些哀號的情況看來，她的傷勢應該不輕。

「阿彌多呢……？」

用木材和稻草築成的草屋入口被幾層厚布遮掩住，看不出現在是白天或夜晚，也無從得知自己負傷後過了多少時間。

「他很自責，心裡很難過。果然不該打仗的……」

木與扶起名草戶畔，並餵她飲用原色陶器裡的水。流淌過豐饒濕地的名草清水依然甘甜美味，然而，現在大半土地都快化為戰地了。

「阿彌多也是用他的方法在拚命保護家鄉……」

這個弟弟雖然有點不知變通，卻擁有一旦決定就會貫徹始終的責任感。身為酋長及代傳神諭之巫女的名草戶畔，和實際上統率集團、掌理政務的弟弟向來是合作無間。事實上，他們姊弟倆的確感情融洽，關係也很親密。

「一切都是我判斷錯誤造成的……是我決定和狹野打仗。」

弟弟的確主戰，但是沒有阻止他，責任在身為酋長的自己身上。名草戶畔在木與的攙扶下再度躺下來，傷口痛得她臉龐扭曲。

「妳沒有錯……」

木與如此訴說，身旁是今年剛滿三歲的女兒。打從她還在木與的肚子裡時，名草戶畔就已經認識她，可說是親如自己的女兒。這個年紀的小孩正貪玩，但她不知是不是明白現在狀況緊急，神色相當凝重，看起來有點滑稽。

「只不過，現在大家都很不安。田地成為戰場，全都荒廢了；下田工作的男人們又受了傷，動彈不得，可能會影響收成……」

土地的收成與居民的性命相關。本身也耕種大片田地的木與有多麼不安，名草戶畔感同身受。不只有木與，一定還有許許多多人民擔憂戰爭會影響收成吧。

飢餓即代表死亡。

祈求豐收，也是名草戶畔身為巫女的重要職責。

「名草戶畔大人！」

入口方向傳來一道聲音，一名臉頰刺青的女人現身，急切地報告：

「大彥大人被殺了！」

「大彥大人他……」

周圍的侍女一起發出近乎哀號的聲音。

大彥被敵軍稱為長髓彥，是與名草一族結盟的部族酋長，曾一度擊退敵軍，沒想到會在這個關頭被殺。

「天啊！」

木與摀住嘴巴，淚眼汪汪地輕喃。大家都認識大彥，大彥的部族是從前從出雲地方移居過來的，雖然土地相鄰，彼此卻從未有過爭端，是關係良好的朋友。

「是狹野殺了他嗎？」

名草戶畔詢問，傳令的女人結結巴巴地回答：

「聽說……不是被敵軍殺害的。」

「什麼意思？」

名草戶畔皺起眉頭。

傳令的女人下定決心似地開口說道：

「殺了大彥大人的，是饒速日大人！」

聽聞這個事實，在場眾人全都啞然無語。

「饒速日大人娶了大彥大人的女兒（註10）入贅為婿……怎麼會把大彥大人給……」

木與發著抖抱緊女兒。

註10：《日本書紀》上是寫妹妹。

名草戶畔遭受一股虛無感侵襲，閉上了眼睛。

沒錯，為何她竟把這麼重要的事給忘了？

饒速日是從天上下凡的天津神，換句話說，和擁有天孫血統的狹野是同族。雖然不知道祂們之間做了什麼交易而導致這種結果，但是事到如今，名草該選擇的道路等於是確定了。

「……叫阿彌多過來。」

名草戶畔再度撐起疼痛的身子，對傳令的女人說道。女人簡短地答應之後，立刻離去。

「迦耶……我們也會被殺嗎……？」

木與攙扶著名草戶畔使不上力的身子，不安地詢問。名草戶畔握住她的手，微微一笑。

「不，我會保護你們。」

沒錯，打從一開始她就該這麼做。

打仗這個選項，大可以之後再考慮。

名草戶畔拔下固定豐潤秀髮的髮簪。用動物骨頭加工製成的髮簪是男女通用的尋常物品，但是，髮簪上象徵守護七個村落的七片貝殼裝飾品，卻是迦耶繼承名草戶畔之名時，由各個村落的女人花了好一段時間湊齊的。這些貝殼漆上鮮豔的丹色，象徵她是神聖的巫女；紅色裝飾品演奏的美麗音色帶有淨化之力，蘊含帶給名草和平與安寧的心願。

這正是統率名草、領導眾人的女王信物。

「迦耶……」

木與察覺到這項舉動的含意，面對這個背負了雙肩扛不起的重擔的堂妹，她只能寄予無聲的心意。名草戶畔接收了她的心意，微微一笑。

「結束這一切吧！」

現在才提出此議，不清楚狹野會如何回應。不過，無論是男女老幼或山丘森林，為了保護名草的一切，只剩下這個辦法。

名草戶畔手中的髮簪演奏著與現場氛圍格格不入的清澈聲音。

⛩

會客時間早已結束，醫院大廳關掉了冷氣，溫熱的空氣似乎有些混濁。從車站跑來的良彥滿身大汗，汗水在T恤底下緩緩滑落。他催促員工出入口處的警衛放他入內後，當他發現垂頭坐在大廳椅子上的達也時，一時間竟開不了口呼喚。

「……大野。」

良彥做了個深呼吸，先調勻紊亂的氣息，才呼喚他的名字。
宛如從思考的大海中緩緩浮起一般，達也隔了一會兒才抬起頭來。
「萩原……」
與良彥面對面的老同學，露出了良彥從未見過的憔悴神情。
「對不起，讓你特地跑來……」
「不，是我自己要來的，你別放在心上。」
良彥故作開朗地說道，並隔了個座位在達也身邊坐下。
「聽到伯父沒有生命危險，我鬆了口氣。太好了。」
良彥說道，達也深深地吐出一口氣，並點了點頭。
距今約三個小時前，達也因為工作而前往老家附近的工廠，從鄰居口中得知父親昏倒在社務所入口的消息。良彥來電正好是在事發不久後，他從六神無主的達也口中問出發生了什麼事，便立刻跳上前往和歌山的電車。
「居然中暑，真會給人找麻煩……鄰居說他從一早就開始打掃神社周圍，修補攝社……我想他一定是四處奔波，完全沒補充水分……」
達也在膝蓋上交握的雙手微微顫抖著。目睹父親昏倒在社務所、面臨或許會失去他的恐懼，正是達也本人。

良彥垂下眼睛，想起自己在兩年前經歷過的事。原以為明天依然會在身旁的人突然消失的恐懼，他比任何人都明白。

「聽說年紀大了，比較不會覺得熱。」

良彥想起曾在電視上看過的資訊。高齡者不但皮膚對於溫度的感覺變得遲鈍，調節體溫的機能也跟著退化；若是獨居，飲食中攝取的水分往往變少，容易引發中暑。

「……他好輕。」

達也喃喃說道，視線依然望著地板。

「救護車來了以後，我抱著爸爸送他離開神社，結果他輕得令我驚訝……」

達也過去從未正視父親的「衰老」。不斷爭吵、反抗，認定絕對無法互相理解的父親，也會隨著歲月流逝而變老。皺紋變深的臉龐、斑點增加的手背、變細的腳，在目睹父親躺在病床上之前，達也都未曾察覺。不，是他不去察覺。

「出車禍前，姊姊曾跟我說過……要我好好聽爸爸說一次話。我給姊姊添了那麼多麻煩，卻連她這個小小的心願都沒能達成……我還以為自己永遠無法達成了……」

如果不是中暑，而是腦梗塞或心臟病發作，或許他就會在未能達成姊姊心願的情況下和父親永別了。

追著良彥前來的黃金出現在大廳一隅。祂似乎懂得看氣氛，並未靠近兩人，而是隔著一段距離坐了下來。

「現在還不遲啊，你好好聽伯父說話就行了。」

良彥不明白這家人之間有何齟齬，卻痛切感受到眼前的老友正在自我情緒和良心之間搖擺不定。

「……我把一切都歸咎到爸爸身上。姊姊替我出錢買棒球用具，加入了和自己父母同樣年紀的家長圈，辛辛苦苦地替我做有益身體的營養飯菜。結果姊姊出了車禍，只有我平安無事……我把自己的愧疚全都……推到爸爸頭上……」

達也趴在自己的膝蓋上，痛徹心肺地說道：

「出車禍以後，爸爸並沒有責怪我。當天是我堅持要回去，姊姊說要開車送我，我大可以拒絕的……可是他完全沒責備我半句……」

這件事使得達也變得更加倔強。如果父親責備他，他的心情不知會舒坦多少？平時總是爭吵不休，只有在這種時候擺出父親的臉孔，這讓達也感到焦躁，但是他又拉不下臉將自己的感受說出口，最後便化成為利刃般的言語。

那可是自幼對父親懷抱的思慕？

要和父親面對面交談，代表他必須正視自己的這種感情。

「姊姊開始學習當神職人員以後，漸漸認同爸爸所做的事，這讓我很不甘心，所以脾氣就變得更拗，什麼事都要唱反調，真是太幼稚了……」

達也露出自虐的笑容。

「非要等到發生這種事才察覺……」

小時候被同學取笑，覺得難堪是事實；對於不肯傾聽自己說話的父親感到氣憤，這也是事實。不過事隔多年，他已經不再是小孩，要和父親和解，多得是機會。姊姊早已與父親盡釋前嫌，只有自己仍然堅持拒絕和解。姊姊曾說或許等他長大以後便能明白，現在看來，似乎只有他沒有長大。

「呃，其實我也沒資格教訓別人……」

在鴉雀無聲的大廳裡，說話聲顯得格外響亮。良彥慎重地揀選言詞，繼續說道：

「大野，之前你不是說過嗎？就算查明古代的事，『現在』會有什麼改變嗎……當時聽你那麼說，我也有同感。就算伯父研究的歷史之謎全都真相大白，我們的生活會有什麼改變呢？的確，什麼都不會改變。」

良彥心中一直抱持著疑問：到底是什麼理由，讓達也的父親不惜與兒子疏遠，也要優先進行名草戶畔的研究？其中究竟蘊含著什麼樣的感情？

「考古學家不也會挖掘陶器和遺跡嗎？他們的發現同樣無法改變什麼，只是讓歷史教科書變厚、讓書上換成另一種解釋而已，未來不會有任何變化。可是……」

良彥想起了讓他觀看髮簪的天道根命。對於力量衰退、記憶逐漸消失的祂而言，那根髮簪是唯一能夠確認自己過去的物品。

「古墓是墳墓，陶器是生活用品，飾品是人們身上穿戴的東西。雖然生活在那個時代的人已經不在人世，我們的眼睛看不見，但這些事物卻是某人曾經活著的證據，用一句『和現在無關，所以沒有意義』來打發，好像不太對。」

達也抬起臉來，淚眼婆娑地望著良彥。

「我想，伯父固然是想查明名草戶畔究竟是被殺或投降，但最重要的不是這個。」

良彥的視線依然朝著前方，繼續說道：

「伯父只是想證明名草戶畔確實存在過而已。」

聽了這句話，達也的視線困惑地搖曳。

「……名草戶畔確實存在過……？」

良彥對著如此反問的達也點了點頭。他說這些話並不是毫無根據，先前拜訪大野家時，他便已有這種感覺。

達也的父親仍然妥善保管妻子的遺物。

透過髮簪，他和天道根命產生共鳴的那一瞬間。

在在都可以看出他拚命尋找並保護前人曾經存在的痕跡。

「他認為只要能夠證明名草戶畔確實存在，就能證明自己家族的存在。」

良彥對仍然懵懵懂懂的達也說道：

「有名草戶畔，才有自己一家人——對於伯父而言，這是一家人血肉相連的證據。」

這是兩千多年前，君臨古代紀國的女王傳承下來的血脈。

並不是只有自己的家族與眾不同，在人口大增的現代，系出同源的人想必多不勝數。即使如此，對於將女王奉為神明、保護神社的人而言，關於她存在與否的真偽是不容妥協的問題。

將名留正史卻逐漸消失於歷史背後的女王事蹟傳承給後世，是從祖先延續至今的家族使命。

「我想你姊姊應該是發現了這件事。雖然非常隱晦，但尋根是伯父愛家人的一種方式。」

良彥看著呆若木雞的達也。

「或許對伯父而言，名草戶畔也是家人之一，所以不認為調查她的事蹟是『和現在無關，所以沒有意義』。」

達也神色恍惚，連眼睛都忘記眨，一行淚水滑落臉頰。

「既然如此，為什麼……不跟我說……」

各種情感在胸中打轉，難以言喻。

良彥察覺了達也的心境，垂眼看著地板。

「……我想，他應該很拚命吧？」

這只是良彥的推測。

良彥想起洋治所說的話。

「太太過世以後，他拚命去愛剩下的家人……」

達也咬緊嘴唇，忍住嗚咽。

或許這是身為父親的他在妻子過世之後，為了彌補家庭的殘缺所做的奮鬥。良彥的腦海中浮現一名不會煮飯、連洗衣機都不會用的年輕爸爸身影。為了扛起父母雙方的職責，給兒女兩人份的愛，在不盡人意的日子裡，想必他也曾感到疲倦，夜裡亦曾不安地懷疑自己能否獨力支撐下去。然而，他依然選擇三個人一起生活。正因為如此，他才想證明自古以來延續至今的家族血脈，才比任何人都更加強烈地渴求這層緊密相連的關係。

深愛的妻子和延續後代生命的名草戶畔，都是他的家人。

究竟是沒人給他建議，或是他對旁人的建議充耳不聞，答案不得而知；不過，不擅長表達情感和誤會導致的龜裂，在雙方之間製造出深深的鴻溝。

「……現在還來得及嗎……？」

達也趴在膝蓋上問道。

「還來得及，及時上壘。」

良彥拍了拍老友比起從前球員時代來得單薄的肩膀。

聽到這句話，達也忍不住笑了。

「只是及時？」

「你不是很擅長滑壘嗎？」

他們互相打趣，相視而笑。

不一會兒，護理師的聲音響徹大廳。

「大野先生！」

達也臉上的笑容消失，表情變得僵硬起來。在流竄於溫熱空氣底下的緊張感之中，護士露出笑容，好讓達也安心。

「你爸爸醒了。」

二

時間已經過了晚上九點，夜幕之中，良彥和達也一同離開醫院，來到達也家的神社。不知何故，黑夜裡的社殿看起來比白天更加巨大，帶有一股脅迫感。然而，周圍田園裡的青蛙不約而同地齊聲鳴叫，聲音不絕於耳，因此完全沒有陰森恐怖的感覺。

「你也真愛自找麻煩，明明不用陪我來的啊。」

達也一面把在儲物間裡找到的棉紗手套遞給良彥，一面啼笑皆非地嘆了口氣。白天雖然炎熱，但是夜裡的神社境內有來自後山的冷空氣。猶如天頂裂縫的弦月正要沉落西方的盡頭。

「好人做到底，送佛送到西嘛。」

為了充饑，良彥拿出放在包包裡的穗乃香手做蛋糕，咬了一口。雖然從屁股生出來的小麥依然讓他耿耿於懷，但只要想起這是穗乃香親手做的蛋糕，便能中和噁心感。

「我可不知道會跑出什麼東西來喔。」

達也喝了口超商買來的水，警告似地望著良彥。

「我知道、我知道。」

良彥苦笑著點頭。

「那就開始吧！」

良彥用戴著棉紗手套的雙手擊掌，替自己打氣，並仰望目的地。

「我聽見一道聲音……」

一小時前，達也的父親醒來後，向前來探視的兒子提出一項請求。

「是種很美麗、很清澈的聲音，彷彿鈴鐺聲，又彷彿風鈴……」

在良彥等人被帶往的病房裡，達也的父親臉色略微好轉，斷斷續續地說道。

「聲音？」

達也蹲在枕邊反問。良彥也豎起耳朵，但是完全沒聽見這類聲音。

達也的父親仍是意識朦朧，他轉動著視線，似乎在回憶那幅景象。

「我作了一個夢……我循著聲音往前走，發現本殿前有一名不認識的女性……長得像奈美惠，也有點像奈奈實，是一名很不可思議的女性……」

達也默默無語地傾聽父親的話語。

「我問她是誰，她露出有點悲傷的眼神，指向授予所，接著便像風一般消失……然後我又聽見那道聲音……那是從授予所的房間裡傳出來，很悲傷但是又很動人的聲音……」

「那應該是……」

良彥靈光一閃，喃喃說道：

「髮簪上的裝飾品發出的聲音吧……？」

達也困惑地看著良彥。

達也的父親閉上眼睛，過了一會兒，他緩緩睜開眼，凝視著空無一物的天花板。

「……嗯，的確和那個聲音很像……那根宛若名草之冠的髮簪……」

喃喃訴說的達也父親眼中流下一滴淚水。滑落太陽穴的淚滴掠過耳朵，被白色枕頭無聲地吸收。

「達也……我有事要拜託你……」

聽父親這麼說，默默凝視著眼淚去向的達也抬起頭來。

「那名女性指示的授予所裡，或許有什麼和名草之冠有關的祕密……我沒有發現的祕密……」

或許達也會氣他在這種時候還在提名草戶畔。

或許會認為那只是一場夢。

良彥一面如此擔憂，一面凝視著交談的父子。

「你能不能替我……去找找看……」

達也的父親懇求似地伸出皺紋如年輪般深刻的手。

隨著「拜託你」這句不成聲的話語——

「……好。」

達也僵硬地握住父親的手，下定決心點了點頭。

「要說自找麻煩，我們是彼此彼此吧？」

良彥一面走上通往授予所的石階，一面望著走在前方的達也。這裡沒有電燈，在走進房間之前，只能依賴手上的手電筒燈光。

「我還以為你會認為那只是一場夢，不當一回事，沒想到你挺積極的嘛！居然不等到明天，現在就要開始找。」

聽達也這麼說，良彥可不能拍拍屁股回家。一方面是因為他也想幫忙，另一方面是因為達也的父親夢見的女性及髮簪的音色似乎與差事有關。

「受人之託，忠人之事啊……」

達也背對著良彥，有些不快地回答。不過，現在良彥知道這是他掩藏靦腆之情的方法。

「再說，姊姊要我好好聽他說一次話，這次幫幫他的忙也好……」

達也越說越小聲，良彥姑且不吐嘈，而是靜靜聆聽。

拉開木造的拉門就可進入授予所。門上並沒有門鎖，只用鎖頭扣著螺絲釘固定的鐵環。達也駕輕就熟地打開鎖頭，摸索著手邊的牆壁打開燈。

「……啊，這裡不先整理一下根本不能找東西……」

見到日光燈照耀之下的慘狀，良彥不禁如此低喃。來到這裡之前，他忘得一乾二淨——這個房間被書本和資料淹沒，連腳都沒地方踩。如果有明確的線索，知道該找哪裡、要找什麼，或許還有個著手處。

「雖然很費時，但也只能邊收拾邊找了。」

達也脫下鞋子，把腳插進成堆資料的縫隙間，製造出道路。

「……開工吧！」

良彥頓了一頓，提起幹勁，也脫掉了鞋子。

達也的父親從年輕時代就開始收集的資料種類繁多，舉凡古代紀國、紀氏相關的資料，到古代的地形圖、博物館研究紀要及探究日本人起源的資料，一應俱全。其中似乎也有祖父和曾祖父傳下來的資料，有些書的封面甚至破爛到良彥不敢觸碰的地步。

「越看越覺得伯父真的很有熱忱……」

良彥翻閱手邊的資料，如此感嘆。彙整這些資料所得的結果，應該就是現在洋治保管的手稿吧。光是整理這些龐大的資料就夠辛苦了，居然還用手寫，其熱忱顯然無庸置疑。達也的父親說是為了填補明治初期失傳的資料，但都已經收集了這麼多，難道還不夠嗎？

「良彥，別光顧著看，快動手啊！再這樣拖拖拉拉的，天都亮了。」

黃金拍了拍忍不住看起資料的良彥的腳。靠祂的肉趾無法幫忙，所以祂打從一開始似乎就決定袖手旁觀，但是嘴巴依然不饒人。話說回來，依祂的性格，就算沒有肉趾的問題，八成也不會幫忙。

「是、是，我這就動手，行了吧？」

良彥小聲回嘴。為了確保動線，他盡可能將地板上的雜亂資料和日用品移到邊緣；過程中，有好幾次都不小心踩到掉落的原子筆或迴紋針，痛得直跳腳。

「大野，你知道伯父要你找什麼嗎？」

良彥回頭詢問將堆積如山的書本推到角落的達也。

「要從這裡面找到不知道是『什麼』的『什麼』，提示實在太少了。」

達也抬起頭來，微微嘆了口氣，並擦拭額頭上冒出的汗水。

「我並不是完全相信爸爸的夢，不過，如果夢中的女性指的是爸爸在找的東西，我倒是聯想到一種可能性。」

「可能性？」

良彥詢問，達也點了點頭，繼續說道：

「我爸一直在尋找這間神社代代相傳的某本記載祖先事蹟的書，聽說是在明治維新時期因為時局混亂而失傳的。」

「……就是明治初期失傳的資料？」

良彥回頭望著堆放大量資料的房間。達也的父親正是為了填補這個缺口而持續進行研究。

「那本書說不定在這裡面嗎？可是，如果在這裡，伯父不可能沒發現吧？」

在這裡收集資料並彙整謄寫的正是達也的父親本人，哪個東西放在什麼地方，他應該是最清楚的。

良彥一臉厭倦地環顧四周，黃金拍了拍他的膝蓋，吸引他的注意力。

「你們要確認的不只有眼見的範圍。夢中女子指著『授予所的方向』，對吧？不只有這個房間而已。」

聽到這句危險的話語，良彥露出不快的表情。

「你的意思是除了這個房間以外，還有其他該搜索的地方？可是，要搜哪裡……」

「……啊！」

就在良彥小聲反駁黃金時，達也有了發現，發出驚叫聲。良彥循著他的視線望去，只見房間最深處有個貼著泛黃門紙的壁櫥，上方還有個頂櫃。

「……對喔！」

良彥和達也聯想到了同一件事。

「現在這裡看得見的，全是昨天之前伯父看見的東西；什麼地方有什麼物品，伯父應該是最清楚的。如果是伯父一直在找的書，他一定會頭一個發現……這麼說來，我們要找的東西應該是在平時看不見的地方。」

達也從隔壁的儲物間搬來梯子，接過話頭繼續說道：
「而且連尋找已久的人都沒發現，可見是被藏起來了。」
兩人的視線一同投向許久沒開過的頂櫃。推開頂櫃的天花板，就能通往閣樓，那是藏東西的慣用地點。
「萩原，幫幫我。」
達也立刻站到梯子上，打開頂櫃。裡頭也不例外，一樣塞滿了古書、用細繩捆起的成疊紙張、封面已經變色的雜誌和公關雜誌，光是要把這些東西搬出來，就得花上不少時間。
「哎，伯父愛存放東西是無所謂，你也勸他整理一下嘛！」
良彥一面接過達也從頂櫃取出的雜物並放到地板上，一面向他抱怨。散落一地的資料雜亂無章，放在書櫃裡的書籍和檔案夾也是種類不一，顯然是隨手亂塞的。
「現在才勸也沒用，這對他而言已經算是整理過了。」
達也啼笑皆非地說道，把搬出的物品依序遞給良彥，最後拿起放在最深處的銀色四角罐。
「……這個東西特別輕。」
良彥和一臉詫異的達也面面相覷，端詳著接過來的罐子。這應該是米菓或仙貝之類的容器，和剛才取出的書籍及資料顯然有所不同。

「……我可以打開嗎？」

無法戰勝好奇心的良彥問道，爬下梯子的達也立刻同意。

「八成又是破銅爛鐵。」

說歸說，達也同樣興味盎然地窺探良彥手上的罐子。

棉紗手套太滑打不開罐子，因此良彥脫下手套之後才重新握住蓋子。他扭動幾次略微扭曲的蓋子，好不容易才將罐子打開；見到裡頭的物品，兩人好一陣子都說不出話。

罐子裡塞滿大量的報章雜誌剪報，從容易遺漏的小報導，到刊登照片的大報導，全都被整整齊齊地剪下來。

「這是……」

良彥拿起其中一張，上頭印的是當年在甲子園打出長打的達也。繼續翻閱剪報，甚至可追溯到少棒聯盟時期的小報導。這些剪報報導的全是達也在球場上活躍的表現。

「……這些都是伯父收集的吧。」

良彥把罐子塞給茫然呆立的達也。原本輕盈的罐子彷彿突然變重了。

罐子裡充滿的正是對兒子的愛。

「啊……」

達也小聲說道，發現埋在剪報中的白色物體，輕輕拿了起來。

「……那是風鈴嗎？」

從鑵中現身的是用小貝殼串連而成的風鈴，一看就知道是小孩做的工藝作品，但是線頭的打結方式等關鍵處看得出有大人幫忙。

「這是送去洋治大哥家的神社參加風鈴祭，但是最後沒有進獻就拿回來的風鈴……」

達也懷念地看著睽違十幾年的風鈴。

「是我媽媽還在世的時候，全家一起去水族館參加活動時製作的。」

良彥想起洋治曾提過這件事，說達也當時捨不得交出風鈴，為此哭鬧不休。不過，那時候達也堅稱他不記得有這件事。

「原來收在這種地方……我還以為已經丟掉了。」

達也一搖手，貝殼便互相撞擊，演奏出樸素的音樂。雖然音色遠遠不及那根髮簪，但是良彥聽來依然覺得悅耳。

「要我們找的……應該不是這個吧？」

良彥仰望清空的頂櫃。這些東西對於達也的家人而言的確很重要，但要說是不是需要特地託夢告知在何處的東西，那可就令人存疑。

「閣樓裡也檢查一下吧。這座建築物雖然進行過好幾次小修補，但我記得是在江戶後期落成的；如果東西是在那時候藏了起來，我爸爸、外公和外曾祖父沒發現也是很正常。」

良彥循著達也的視線仰望頂櫃上的閣樓。如能找到那份資料，或許就能揭曉隱藏的真相。

正當良彥兩人準備拆除頂櫃的天花板時，境內突然傳來腳步聲，接著響起一道急切且耳熟的聲音。

「達也在家嗎！」

匆忙跑上石階、衝進授予所來的是身穿T恤、腳踩涼鞋的洋治。他一發現達也，便大大地鬆一口氣。

「你是不是把手機關了！聽說伯父昏倒，我想聯絡你卻完全聯絡不上，去你的套房找你，你也不在……」

聽洋治這麼說，達也總算想起這件事，從自己的褲子後口袋拿出手機。前往醫院時他關機了，之後一直忘記開機。

「醫院的會客時間也過了，你知道我四處找你找了多久——」

說到這裡，洋治才發現達也和良彥兩人都戴著棉紗手套，正要打開頂櫃。依然氣喘吁吁的洋治停下動作，思考了片刻。

「……你們在幹嘛？」

「洋治大哥，你來得正好！」

良彥不容分說地遞了雙新的棉紗手套給洋治。現在人手越多越好。

「我們要打開閣樓，你快來幫忙。」

「閣樓？」

良彥對一頭霧水的洋治簡略地說明來龍去脈，硬把他拖下水，繼續工作。

⛩

「這麼晚了，你要去哪裡？」

穗乃香家的屋頂上，美麗的妻子手拿啤酒，詢問穿著連帽上衣委身於夏季晚風中的丈夫。

「咦？我還以為祢睡了。」

良彥慌慌張張地趕往和歌山以後，兩尊神帶著穗乃香去享用川床料理，接著又回到穗乃香的房間繼續飲酒作樂。穗乃香喝多了烏龍茶和柳橙汁，累得睡著了；見妻子也爛醉如泥，大國主神便悄悄溜出來。

「我是睡了，但是聽見祢離開房間的聲音又醒來。」

須勢理毘賣露出美麗的笑容，在不安穩的屋簷上踩著輕快的腳步走向大國主神。大國主神伸手抱住妻子，微微一笑。

「我本來還以為自己很安靜，沒吵醒祢。」

「不光是這樣。在川床用餐的時候，我就發現祢一直坐立不安。」

身材修長的兩神並排，立刻為整個空間增添許多色彩。祂們散發出壓倒性的存在感，使得夏日夜空的星星都相形失色。

須勢理毘賣環住丈夫的脖子，望著祂的眼睛問道：

「祢要去找良彥？」

聽見妻子明知故問的口吻，大國主神面露苦笑。

「祢還是老樣子，直覺很敏銳。」

「這比抓祢偷腥簡單多了。」

「……這件事我們之後再談吧。」

大國主神忍不住從須勢理毘賣身上移開視線。雖說這陣子祂已經收斂許多，但祂可不知道妻子手上握有什麼炸彈。

「我一聽說良彥這次辦理的是和歌山的差事，又想起祢最近在煩惱的事，就知道祢在打什麼算盤。」

須勢理毘賣得意洋洋地笑著，鬆開了手臂。

「不過，祢要是幫太多忙，會挨黃金老爺罵喔！祢這次已經太過厚待他們了。」

「不要緊，我只是看看情況而已。」

大國主神聳了聳肩，如此笑道。

古代，在出雲地方奉祀大國主神的出雲一族，由於人口逐漸增加便移居到九州北部、奈良及和歌山等地。出雲一族和當地的原住民交流融合，繁榮昌盛，現在紀川下游一帶也還留有許多奉祀大國主神的神社，名草地方的百姓與出雲一族更是關係匪淺。因為這個緣故，這次大國主神夾帶了點私情。

「我沒有問良彥差事的詳細內容，因為那是他的工作。我只要扮演好我的角色即可。」

說著，大國主神嘆了口氣。

「話說回來，這次的事讓我深刻體認到女性的力量。」

「哎呀，祢現在才知道？奇怪，我還以為祢早已切身體會了呢，是我踹得太輕嗎？」

須勢理喃喃說道，大國主神連忙訂正，說祂不是那個意思。起初事態的發展撲朔迷離，現在似乎即將有著落，祂只想快點解決這件事，早點回家。

「那我走了。」

大國主神踏上夏季的夜空。

「早點回來喔——幽冥主宰大神。」

須勢理毘賣面帶微笑，揮手目送融化在夜色之中消失的丈夫。

⛩

黎明將至，東方的天空露出魚肚白，一隻鳥強而有力地振翅飛過。環顧萬里無雲的上空，看來今天又是個炎熱的日子。不過，清晨的空氣蘊含著濕氣，冰冰涼涼的，還摻雜著青草和泥土的氣味。遠處傳來機車的引擎聲，或許是送報生在送報吧。

登上神社後山的良彥眺望著仍然置身於朝霧中的田園和房屋。太陽照耀前的村落靜靜地沉睡著。過去這座山上有著監視這一帶的城池，同時是大野家祖先名草戶畔的頭顱埋葬之處。然而，現在已經找不到顯示墳墓所在處的墓碑，只留下崩塌的壁壘和石牆的殘骸。

數小時前，三人拆掉頂櫃的天花板，輪流爬上閣樓，一面與黑暗、蜘蛛網、大量塵埃和動物的糞便苦戰，一面用手電筒仔仔細細地檢查各個角落。後來他們終於在東側一角發現某個有兩層木板的地方，並在木板縫隙間找到一冊用油紙和布條層層包裹的書籍和木盒。

「這該不會就是伯父在找的東西吧……？」

他們小心翼翼地拆開包裹，裡頭是一本年代久遠的線裝書，褪色的封面上隱約可辨識用古老的毛筆字體寫下的書名「名草文書」。洋治本想直接用手觸摸，又及時懸崖勒馬，要達也拿副新的棉紗手套過來。

「上頭寫什麼？」

洋治小心翼翼地翻頁，以免弄破頁面，一旁的良彥焦急地詢問。書中全是漢文，連良彥也看得出應該是在相當古老的年代寫成的。紙張的邊緣已經變色，處處有蛀蟲啃蝕過的痕跡。

「我的漢文沒那麼好，多等我一下。」

洋治慎重地循著文字閱讀，不久後，書中出現一幅眼熟的插畫，良彥忍不住高聲叫道：

「啊，這是……」

那是名草戶畔卑躬屈膝地對神武獻出髮簪的畫像。不知道前因後果為何，似乎只有這幅畫遭人摹繪並流傳至今。

「……嗯。伯父讀了這個以後，應該會哭吧。」

閱讀畫像說明文字的洋治，感慨良多地喃喃說道。

「這裡寫得很清楚……名草戶畔為了保護名草子民，將酋長的信物連同名草代代相傳的寶物一併獻出，主動投降……」

良彥忍不住發抖，倒抽一口氣。如此斬釘截鐵地述說名草戶畔投降的紀錄，其他地方應該找不到吧。

「……原來爸爸的說法是有根據的……」

達也小聲地喃喃說道。過去他一直認定父親那些話都是胡言妄語，因此充耳不聞，現在的心境可想而知。

「哦，原來如此，所以才要這麼嚴密地藏起來。」

洋治恍然大悟地抬起頭來。

「這本書是在明治初期失傳的吧？大政奉還、王政復古的大號令頒布下，當然不能留下這種潑正史冷水的書籍，搞不好還會被沒收。」

之後約兩百年，記錄自己祖先名草戶畔死前真相的這本書，一直沉睡在閣樓的一角，直到後世子孫再度緬懷祖先，並為了解開謎團而付諸行動為止。

「洋治大哥，這個盒子呢？」

達也指著和書一起發現的木盒。那是個尋常無奇的木盒，要放掛軸嫌太小，要放陶器又過於細長。洋治確認木盒沒有封上封條後，小心翼翼地打開蓋子，並掀開油紙中的紫色布料。

出現的是呈弧形的紅色物體。

「……這是……」

良彥倒抽一口氣。

用紫布裹住的物品，是和天道根命的髮簪裝飾品同樣大小的五片圓形飾品，上方有可穿線的小洞，其中一片缺了個角，呈現扭曲的形狀。這些裝飾品雖然在經年累月之後剝落變薄，但仍可明顯地看出上過紅色塗料。

「只剩下裝飾品……」

洋治打開盒裡的和紙，紙上畫著水墨畫裡所見的髮簪。髮簪上的裝飾品塗成紅色，和木盒中留下的物品極為相似。這應該是某人為了避免後人忘記髮簪完整的模樣而畫下來的吧。

那正是統治名草的女王之冠。

「當然啊……畢竟是兩千多年前的東西，還有裝飾品留下來就已經是……奇蹟了……」

最後一句話，洋治是以呢喃般的聲音說出口。

「……可是，名草之冠不是已經獻給神武了嗎？怎麼在這裡？」

良彥茫然地問道。他的腦袋一片混亂，無法理解。名草之冠出現在這裡，那麼，那根白色髮簪又是什麼來頭？

「洋治大哥，這個背面有寫字。」

在渾身僵硬的良彥身旁，達也發現盒蓋背面的文字，並將木盒遞給洋治。洋治慎重地閱讀這段和書上一樣以漢文寫成的文字，表情變得越來越嚴肅。

「喂……這是……」

真相顛覆了某尊神的認知。

⛩

「神武並未接受名草戶畔獻出的名草之冠，反而命令她統治以名草為首的紀國。然而，名草戶畔在投降前的戰爭中負傷，不久就過世了……」

良彥仰望著終於變亮的東方天空，說出洋治自書中彙整出的內容。

由於徹夜搜索，洋治和達也累得在社務所裡倒頭大睡；良彥則在一旁吃完穗乃香送他的最後一片磅蛋糕，便悄悄地離開。到頭來，肚子餓了根本顧不得小麥的來源，只要能填飽肚皮就夠了。

「名草戶畔死後，她的遺體被分成頭顱、肚子及腳三截，分別埋葬在三個地方……其中頭顱就葬在這裡。」

良彥慎重地打開他帶來的木盒，小心翼翼地取出放在盒中的某片裝飾品。

「因為頭顱葬在這裡，所以髮簪的一部分也留在這裡嗎？」

良彥詢問坐在一段距離之外的黃金。

「誰曉得？或許是她留給子孫，當作自己曾經活著的證明。知道真相的只有本人。」

黃金默默看著現代的凡人抽絲剝繭，揭開兩千多年前發生的事。對於良彥等人找出真相一事，祂似乎有點開心，可是錯覺？

「但我覺得很不可思議。既然她沒有被殺，為什麼遺體被分成三截？」

關於這部分，書上沒有更詳盡的記載。那個時代時興的應該是土葬，為何要刻意將遺體分成三截？要說是神武下的令，但既然已經命令她統治紀國，又怎麼會在她死後翻臉不認人，做出如此殘酷無情的事？或許達也的父親所說的聖骸才是正確答案吧？

「可是，她的子民會分割保護家鄉的女王嗎……？」

良彥的視線垂落至手中的紅色裝飾品。莫非對於古人而言，這麼做很正常嗎？

「有很多事是活在現代的凡人難以理解的。」

黃金走過來，用黃綠色的眼睛仰望良彥。

「這和差事沒有直接關聯，我就給你一點線索吧。」

面對這個難得的提議，良彥困惑地看著黃金。

「或許希望分割遺體的，正是名草戶畔本人。」

「名草戶畔本人……？」

良彥皺起眉頭。會有人希望自己死後被分屍嗎？

黃金帶著冷靜的眼神點了點頭。

「沒錯。像你這種活在豐饒時代的凡人應該很難想像吧。」

大國主神好像也說過類似的話語，良彥不禁歪頭納悶。

「祢是指飢餓之類的問題？」

這和名草戶畔有什麼關係？

升起的朝陽從東邊的山緣緩緩地渲染大地。黃金搖動著和陽光同色的尾巴，瞇起眼睛。

「你明明那麼計較小麥的來源，但是肚子一餓，就把那些蛋糕全吃光了。真的餓得厲害的時候，你還能說同樣的話嗎？」

良彥宛若突然被冰冷的劍尖抵住一般，不禁倒抽一口氣。

以後你看到穗乃香的蛋糕，就要想起人們從前曾有過極度恐懼飢餓的時代——大國主神的話語重新浮現在腦海裡。

孝太郎也說過，在古代，戰爭是最終手段，確保糧食、延續生命比較重要。在古代，飢餓的危機遠比自己所想得更為切身。

「像大氣都比賣神那樣，從分割的遺體生出食物，是最原始也最基本的生物活動。自古以來，不光是日本，全世界都有這類傳說流傳下來。換句話說，即是以其身為苗床，孕育人們生存的糧食。」

黃金望著自己身後草木叢生的廣場。名草戶畔的頭顱就在這裡的某處。

「名草戶畔知道這種傳說，也不足為奇。」

隨著女王最後的心願一起埋葬於黃土之中。

三

「差使兄，你今天怎麼這麼早就來了？」

在社務所的閣樓裡發現名草之冠的數小時後，良彥完全沒闔眼，待頭班車發車，便搭車來到天道根命的神社。良彥和祂打完招呼之後，一如平時地回到車站月台上等候，只見祂連頭巾也沒戴便慌慌張張地跑來了。

「我覺得快點告訴祢比較好。」

小睡過後的達也曾勸良彥先睡一覺，但是發掘到的真相讓良彥精神亢奮，根本睡不著。

清晨的地方電車月台上不見候車的人影，醒來的蟬兒開始鳴叫，冰涼的空氣也逐漸變熱。在鐵軌彼端的民宅裡綻放的牽牛花，攤開了濕潤的紫色花瓣。

「我知道那根白色髮簪是誰的了。」

聞言，天道根命瞪大眼睛。然而，祂眼裡映出的不只有欣喜，還有許多複雜的感情。

「是嗎……終於……」

天道根命下意識地抓住自己的胸口。

「我終於能夠知道這股恐懼的真正理由……」

良彥領著天道根命走向長椅，下意識地咬著牙根。如今真相水落石出，良彥才知道祂想憶起往事卻又害怕的心情，全都是出自祂強烈的責任感。這股情感純粹得令人窒息。

「嗯，我全都知道了。」

良彥盡可能保持冷靜地說道：

「天道根命，雖然祢說自己忘記了，事實上卻沒有忘記。遺忘往事的罪惡感讓祢產生這種反應，因為對祢而言，這件事絕對不能忘。」

良彥眨了眨眼，淚水沿著眼球內側流去。過去他也辦過好幾件差事，遇過各種場面，這是他頭一次產生這種感受。

「什麼意思……？」

天道根命一臉訝異地問道，良彥拿出向達也借來的木盒，並取出剛甦醒的紅色飾品。

「這是……」

那是醒目的丹紅色。

天道根命不敢置信地睜大雙眼。

「名草之冠的一部分……？」

見到祂的反應，良彥痛切地感受到，祂果然失去了當年的記憶。

祂明明比任何人都更熟悉這個顏色。

「對，雖然在漫長的歲月中破損了，但這本來是名草之冠的一部分，確確實實是名草戶畔的東西……」

良彥克制著聲音的顫抖，說出真相。

「也是祢姊姊的東西。」

兩千六百多年前，在這塊土地上生活的姊弟。

藏在歷史的皺褶之中，化為零碎的傳說流傳下來的真相。

天道根命愕然地睜大眼睛，無法反問，只能呆立原地。

「大野家的神社流傳下來的古老文獻裡記載，神武並未收下名草之冠，而是命令名草戶畔統治紀國，但是她在戰爭中負傷，不久就過世了，繼任的是她弟弟天道根命，也就是祢。」

安放名草之冠的木盒盒蓋背面記載著，上頭有這種紅色飾品的髮簪是屬於名草戶畔的，和弟弟有著白色飾品的髮簪正好成對。

在名草戶畔死後，為了製造天津神統治紀國的表象，在神武陣營的命令之下，祂仿效「天津」二字，改名為「天道根」。

「祢還是想不起來嗎？」

黃金仰望著摀住胸口、用搖晃的雙腳勉強站立的天道根命。

「這些全都是祢的過去，半分不假。」

「我的過去……」

天道根命的呼吸紊亂，腳使不上力，終於跪了下來。

黃金又乘勝追擊似地繼續說道：

「沒錯，這是祢在世為人時的軌跡。」

瞬間，良彥手上的紅色飾品散發出光芒，轉眼間淹沒了周圍。

「……彌多……阿彌多彥，你聽見了嗎？」

良彥再度睜開眼睛時，周圍的景色變得截然不同。他們本來在無人車站的月台，現在卻是位於某座小山上，碧海拓展於眼下。天空和大海一樣蔚藍，帶著潮水味的舒爽涼風吹拂而過。

「你的責任感太強，有可能自取滅亡，所以我原本有些猶豫，不過，身邊有這麼多人支持你，你應該不至於誤入歧途才是。」

眼前的女子如此告誡被稱為「阿彌多彥」的男子，她頭上的紅色髮簪隨風發出優美的音色。不知她是不是抱病在身，臉色十分蒼白，左手拄著枴杖站立。

「你是我最信任的人，所以我決定託付給你。這個國家只能交給你。該成為下一任名草戶畔的女性年紀還太小……」

名草戶畔是擔任名草酋長的女人代代相傳的名字，然而遺憾的是，繼她之後可以擔負這個重責大任的女子尚未長大成人。再說，現在支配權落到狹野的手上，酋長制度能否繼續維持還是個未知數。

「您在說什麼！這樣彷彿迦耶姊……不，王姊就要……」

阿彌多彥說道，他頭上插著和名草戶畔的頭飾極為相似的白色髮簪。他沒能把話說完，見到姊姊凝視自己的聰慧雙眼，不由得倒抽一口氣。

那是統治名草的高貴美麗女王之眼。

「我的身子我自己最清楚。我要來這裡，木與曾大為反對，最後還是坐轎子才來得了。我的手腳幾乎沒有感覺，能夠站在這裡已經很不可思議……我八成已不久於人世。」

「怎麼會……」

聽聞姊姊的告白，阿彌多彥呻吟似地喃喃說道，膝蓋一軟跪了下來。

「追根究柢，王姊是為了保護我才受傷的，主張和狹野打仗的也是我……」

阿彌多彥搖晃著頭上的白色飾品，擠出聲音說道。

「這樣的我豈有資格統治這個國家……」

「正因為如此！」

姊姊激動地駁斥弟弟。

「正因為如此，你才該領導大家。活在這塊土地上所有人的歷史，該由你來守護！」

姊姊怒吼似地說道，彷彿是為了鼓舞他。

「如果你覺得對不起我，就連這股後悔一併挑在肩上吧！」

這番話有多麼殘酷，她比任何人都清楚。然而，這塊土地的統治權若是落到名草一族以外的人手上，不知會有什麼後果；或許百姓會遭到放逐，豐饒的土地會被奪走。即使只是權宜之計，即使只是虛有其表的冠冕，統領這塊土地的仍必須是名草人。

「王姊……」

阿彌多彥嚎啕大哭。過去向來是姊姊當女王、弟弟輔佐政務，兩人同心協力治理名草。

相依為命的姊弟倆一路互相扶持，直到現在。

失去大彥這個朋友、向狹野投降，局勢有了極大變化，卻得在失去另一半的狀態下挑起這等重擔，對於現在的阿彌多彥而言，是種太過痛苦且殘酷的宣告。

「……阿彌多彥，雖然我即將離開人世，但是你並不孤單。」

名草戶畔伸出手，抬起弟弟的臉說道：

「別忘記。」

撼動人心的強力聲音。

毅然綻放的女王微笑。

「別忘記，我的身體會化為苗床，祈求家鄉豐饒；我的靈魂則會化為清風，永永遠遠保佑你們。」

海風帶來些微的潮水味。

「記住，如果有一陣清爽的風吹來，就是我在身邊。」

乘著永不止息的風，保佑家鄉和子民。

「迦耶姊姊……迦耶姊姊！」

阿彌多彥嗚咽著喊出這個兒時使用的名字。他一直不習慣稱呼姊姊為王姊或名草戶畔，直到最近才改口。他的模樣和孩提時代的他重疊了，名草戶畔露出為難的笑容。

「阿彌多，你和小時候一模一樣，一點都沒變。」
唯有這一瞬間，她露出姊姊溫柔的一面。
兩人一同賽跑，跑過小米結實纍纍的田邊。
惡作劇被發現，姊弟倆一起逃跑。
在夕陽的照耀下，他們手牽著手踏上歸途。
這一切的一切都包含在內。
「我很慶幸有你這個弟弟——」
一陣風吹過，擄走名草戶畔最後流下的一滴淚珠。

身體浮起的感覺令良彥忍不住閉上眼睛。
耳邊傳來的是兩根髮簪的飾品隨風作響的聲音，音色既高昂又清澈。

「……我想起來了……」
良彥再度睜開眼睛時，景色已經恢復為熟悉的無人車站月台。雙手抵著地面的天道根命淚流滿面，斷斷續續地說道：

「沒錯，我、我是阿彌多彥……是統治名草的女王名草戶畔的親生弟弟……」

面對這句悲痛的告白，良彥無言以對。

祂會如此珍惜自己的髮簪，應該是因為這根髮簪能夠讓祂感覺到自己和姊姊是心手相連的。姊姊死後，祂成為名副其實的紀國統治者，卻沒把名草之冠留在手邊，或許是因為祂自認為不夠格，同時是祂對姊姊表達敬意的一種方式——君臨名草的女王只有她一人。

「我在死後被奉祀為神，一直感到很惶恐。雖說是受王姊之託，但我心裡總是覺得坐擁這種地位的應該是王姊……」

天道根命跌坐在地，哭著說道，看來宛若在懺悔。

「後來，我的力量慢慢衰退，喪失記憶，連自己的事都想不起來……不知不覺間，我居然以為自己是從高天原下凡擔任饒速日命護衛的天津神，受人奉祀是理所當然……」

忘卻的沙堆掩埋的記憶之中，只有一件事宛若堅硬的結晶一般梗在心頭，就是神明必須保持神明的風範，以及指引凡人的絕對使命感。

身為神明……

身為神明……

自己必須坐鎮於此、存在於此。

為了紀國，為了凡人。

祂一直不明白這種想法是從何而來。為何這股意志在祂連自己的容貌都遺忘之際，依舊仍如此強烈？

因為這是和姊姊的約定。

天道根命趴在劣化的混凝土地上，額頭觸地，扯開嗓子哭號。

——活在這塊土地上所有人的歷史，由你來守護。

這是祂和姊姊最後的約定。

良彥拭去滑落臉頰的淚水。天道根命對髮簪的恐懼，其實就是出於姊姊因自己而身亡的喪失感，祂害怕再次體驗當時的後悔和寂寞。力量衰退、失去自信的祂若不竄改自己的記憶，絕對無法承受這個事實——無論是姊姊因自己而死之事，或是坐鎮於此地的不該是自己而該是姊姊的想法。

良彥不認為這是軟弱的表現。

揣測祂有多麼痛苦，也是毫無意義的行為。

「……天道根命。」

良彥彎下膝蓋，手搭在天道根命的肩膀上。

「祢很了不起，明明那麼害怕，卻還這麼努力去回想。」

縱使力量衰退、喪失記憶，仍然在靈魂中心吶喊的感情。

天道根命緩緩地抬起頭來，與良彥四日相交。那一天，名草戶畔是否也同樣看著這張哭泣的臉？

「祢在世的時候，善盡了祢的職責，所以死後才被譽為紀伊國造之祖，受人們奉為神明。祢絕對不是祢姊姊的替代品，這是祢自己成就的人生。」

「差使兄……」

聽了這句話，天道根命的眼眶再度濕潤。良彥輕輕把紅色飾品放到祂手上，讓祂握住。

跨越兩千年的時光，再度相會的姊弟。

良彥帶著確信開口：「祢守住了和姊姊的約定。」

瞬間，一陣風吹過無人的月台。

透明的衣裳搖晃樹木的枝葉，撩撥青草，奔向天際。它的一角輕撫天道根命的身體，歡欣鼓舞地舞動著——帶著令人懷念的潮水味。

⛩

「這麼說來，良彥解決差事了？」

在從前名草百姓視為聖山敬拜的名草山頂附近，大國主神回頭詢問金色的狐神。

日頭高掛的天空一片晴朗，盛夏的太陽帶著不容直視的光芒支配著空中。黃金俯視眼下的街景，微微地嘆一口氣。

「原本局面撲朔迷離，現在天道根命已恢復記憶，髮簪之謎亦解開了，名草戶畔在天之靈應該會感到安慰吧？」

雖然現在有軌道通過，周圍民宅林立，但是在古代，名草山的前方便是大海，名草戶畔應該就是在這裡將紀國託付給弟弟。

「與其說是安慰……嗯，不如說是欣喜若狂比較貼切。天道根命的力量越來越衰弱，她對此很不安，也很擔心自己的子孫大野家。」

大國主神仰望著湛藍的天空。見狀，黃金皺起鼻頭。

「祢在煩惱的果然是名草戶畔的事？」

黃金詢問，大國主神笑著回答：

「正確答案。迎接她入幽冥，是我眼下的課題。」

大國主神盤起手臂，繼續說道：

「說實在的，幾乎沒有神社是以名草戶畔的名字來奉祀名草戶畔；如果把她當成神明奉祀，就會被質疑為何敗給神武的逆賊也能當神，因此打從當年就沒人敢明目張膽地奉祀她，而她自己也不想當神。可是，她的傳說卻被神格化，在子孫之間流傳，處境變得很尷尬。」

大國主神拿下帽兜，無奈地嘆了口氣。

「若她是一般凡人，早該前往幽冥，可是她為了信守約定，堅持留在人世。這麼一來，即使有子孫傳承她的傳說，畢竟沒聽過她的人居多，無人奉祀、無人供養，她的力量越來越衰弱，總有一天會消失不見。」

現在知道名草戶畔是誰並緬懷她的，只有以達也的父親為首的極少數人，這回跟著良彥四處奔波的黃金也很清楚這件事。被遺忘的故人，終將沉入人們的下意識中，融化消失。

「出雲族受到名草不少照顧，所以我也不好用強硬的手段處理她的事，為此一直在煩惱。像她這樣強烈的靈魂，就這麼任其消散未免太可惜；但要勸她去幽冥，這百年來，天道根命又逐漸喪失記憶……」

如此訴說並嘆了口氣的大國主神有另一個名字，就是掌管死者國度的幽冥主宰大神，這也是祂將出雲交給天津神之際接下的職務。

「她說她擔心弟弟，沒心情討論這件事，還說連子孫也正逢多事之秋，她實在不放心。」

「連祢親自出馬也不答應，真是一位倔強的女王啊。」

黃金啼笑皆非地嘆了口氣。她堅守著死後在天上保佑眾人的約定。

「所以我得快點消除她的憂慮。正好良彥說他要去辦理天道根命的差事，這一定是大神送我的禮物！」

大國主神用誇張的語氣說道，黃金啼笑皆非地望著祂。因此宣之言書上出現天道根命的名字時，祂才會如此驚訝？

「所以祢才一再說明大氣都比賣神之事，還故意提起自己的禪讓經驗……」

「這是我唯一的辦法啊。如果只解開髮簪之謎，天道根命就無法體會名草戶畔的真正用意。從遺體生出食物這一點，我可是費了好大的力氣才讓良彥明白。」

大國主神露出討人喜愛的笑容。

「不過我做的只有這些而已，畢竟干涉差事基本上是禁止的。要說提示，名草戶畔的提示方式才是幾乎犯規呢！」

聽了這句話，黃金瞪大眼睛。

「什麼！連名草戶畔本人都有出手嗎？」

黃金瞠目結舌。沒想到連謎團本人都參與其中。

大國主神得意洋洋地盤起手臂。

「她是擔心弟弟和子孫才這麼做。大野家的父親不是夢見一名女性嗎？那就是名草戶畔。名草戶畔已經無力現形，只能趁那位父親身體虛弱、自我意識薄弱的時候，用那種方式傳達她的意思。」

黃金帶著五味雜陳的表情動了動耳朵。這次的差事交雜了神明、人類及死者的意念，難免讓祂有種被耍得團團轉的感覺。或許祂該稍微褒獎一下解決差事的良彥。

「莫非車禍時救了大野家女兒性命的也是女王？」

能夠直接干涉活人命運的不是神明，而是祖靈。這是連神明都無法忽視的天理。雖然達也的姊姊現在病情沉重，但是能夠保住一條命，很可能是事發當時有外力及時保護之故。

「不，不是她。」

大國主神斷然否定，瞇起眼來望著橫渡山頂的風。

「救她一命的是她的親生母親。」

聽了這句話，黃金忍不住回頭看著大國主神。

祂記得奈奈實的母親在達也年幼時就過世了。

「看來她即使脫離了皮囊，依然擔心自己的孩子。」

這是關係親近的祖靈才能享有的特權。

「全都是女人……不，是『母親』的力量啊。」

黃金望著拓展於眼下的風景。

生兒育女的堅強，和保護兒女的勇敢。

死後把自己當成苗床，無私奉獻的愛。

「想必女王會永久化為這塊土地的風吧。」

終有一天，她將融化在風裡，消失無蹤。

或許這正是她的心願。

「是啊。經過這次的事，天道根命想起了名草戶畔，她的力量也恢復了些許。」

大國主神攤開雙手聳了聳肩，表示祂已束手無策。這麼一來，她更不會同意前往幽冥。

「不過老實說，我覺得這樣也好。偶爾有這樣的凡人也挺有意思的啊。」

大國主神露出開朗的表情眺望遠方的大海。

「總之，讓我煩惱的問題已經解決了，剩下的就是良彥……」

說到這兒，大國主神啞然無語地凝視著某個方向，察覺氣息的黃金也立刻轉頭望去。

只見南方有股強大壯盛的力量從地上竄升，帶著某個靈魂消失在海邊的白色建築物之中。

一切就發生在轉眼之間，根本無暇阻止。

「……那傢伙……居然幹這種事……」

黃金全身毛髮倒豎地如此低喃，身旁的大國主神則轟然大笑。

「我就裝作沒看見吧！」

大國主神拭去眼角笑出的淚水，斷斷續續地說道。

「嚴格來說，祂是祖先，就算插手也……」

「真、真要這麼說，全日本凡人的祖先都是啊……」

「所以啦，這次是特例，下不為例。」

大國主神的髮絲隨著上空吹來的舒爽涼風翻飛，祂用帶著笑意的眼睛仰望天際。

「看在有個傻弟弟的姊姊分上。」

⛩

過了上午十點，海南站周邊的行人逐漸從通勤客變成觀光客。到站的電車吐出的乘客通過驗票口，各自前往目的地，接著又有另一批人搭上電車。

良彥混在這些人潮之中，來到高架橋下的停車場陰影處，等候達也。身旁的天道根命小心翼翼地抱著裝有姊姊髮簪飾品的木盒，坐立不安地環顧四周。

「黃金老爺去哪裡呢？」

和化身為北島的天道根命一同抵達海南站時，黃金明明還在一塊，但是良彥查看回程電車時刻表的時候，黃金卻突然消失無蹤。

「大概是有什麼急事要辦……」

「就算是，至少也該說一聲吧。」

黃金是神明，即使放著祂不管自行回京都，祂應該也能自己認路回來，但良彥擔心祂是否又在某處被食物吸引，大流口水。早知如此，當初應該多分一點磅蛋糕給祂吃。

「萩原！」

就在半餓不餓的空腹感和一夜未眠的睡意奪走良彥一半的思考能力時，車站入口處出現了等候對象的身影。

「抱歉，我遲到了。」

今早剛在神社道別的達也，一看見良彥便跑上前來。趁著工作空檔趕來的他，身上仍然穿著印有物產店標誌的ＰＯＬＯ衫。

「不，沒關係。我才該說抱歉，你還在工作……」

說著，良彥道了個歉，並把視線轉向身旁的少年。

「祂叫北島，想跟你見一面，我就帶祂來了。」

在良彥的介紹之下，天道根命深深地垂下頭。

「就是之前和你一起來的那個人吧？」

達也似乎記得先前的事，雖然面露詫異之色，還是輕輕點頭致意。天道根命往前踏出一步，帶著略微緊張的神色遞出抱在胸前的木盒。

「這個先還給你。如此貴重的物品，蒙你大方相借給良彥兄，真是感激不盡。」

聽聞十幾歲少年的口吻居然如此恭謹有禮，達也不禁訝異地接過木盒。

「請你們按照往例，繼續保管。還有，請你們別忘記家姊……名草戶畔。」

聽了這句話，達也忍不住瞪大眼睛。

經由洋治的翻譯，達也亦理解了木盒盒蓋背後的漢文內容。他察覺到會稱呼名草戶畔為姊姊的人是誰之後，露出難以置信的表情，凝視著佇立於眼前的少年。

「難道說……」

「嗯，哎，應該就是你想的那樣啦……」

良彥實在不好意思明說祂就是神明，便含糊其詞地露出笑容。

「幸虧找到了名草之冠，差事也順利解決。那根白色髮簪是弟弟的。」

聞言，達也垂眼望著接過的木盒，並用僵硬的動作打開蓋子，重新打量上了丹色的飾品。拒絕聆聽的父親話語，隨著明確的證據獲得證明，達也應該需要一段時間才能接受這件事吧，不過，這個時刻想必不遠了。

「呃，我不知道這些話該不該由我來說，不過，我相信有些話只有我才能說。」

面對有些茫然的達也，天道根命下定決心地開口說道。

「所以，你願意聽我說嗎？」

天道根命筆直地仰望達也。祂現在的體格比達也還要矮上一些。

「我姊姊名草戶畔是因為我而喪命的。」

隨著電車進出車站的聲音，天道根命坦白說出塵封在心底的往事。

在歪斜伸長的陰影中，達也克制著驚愕之情，吁了口氣。

「我代替姊姊統治紀國，但是一直很苦惱，認為坐擁這種地位的不該是我，而是姊姊。當年姊姊若是沒替我擋劍，她就不會死；姊姊活下來，遠比我活下來還要好上許多。即使受人奉祀為神，我還是一直責怪自己。」

良彥望著天道根命緊握的拳頭。表面上看來，祂似乎說得很輕鬆，但一回想起祂在月台上嚎啕大的模樣，便知道祂說出這番話需要多大的決心。

「非但如此，在漫長的歲月中，我的力量和記憶逐漸衰退，把這件事忘得精光，直到今天才想起來。在我心中留下的只有恐懼。」

即使如此，祂仍然選擇對達也說出這件事，試著再次追逐那天拒絕一切而跑開的背影。

「現在多虧了差使兄，我恢復了部分的記憶，也弄懂一些事。某個叫阿彌多彥的男人改名換姓，成為被稱為紀伊國造之祖的神明。在這段過程中，有許多……許多人從旁支持……」

失去名草戶畔而悲傷的人，不只有祂一個。

愛戴死後用遺體祈求豐收、希望子民好好活下去的女王的，不只有祂一個。

還有許多人為此流淚，並有許多人和祂一起克服悲傷，重新振作，並從旁鼓勵祂。

「你並不孤單。」

天道根命的聲音比盛夏的烈日更加耀眼地照耀著達也。

「無論是看得見或看不見的事物，只要你不抗拒，就會陪在你身邊，請別忘記這一點。」

茫然呆立的達也，視線困惑地搖曳著。

「……無論是看得見或看不見的事物……」

達也喃喃說道，垂眼望著木盒中的髮簪。髮簪的主人離世已久，但是望著她生前配戴的物品，甚至可以感覺到她的氣息，即使看不見亦然。

「為什麼要跟我說這些……」

過去毫無關聯的天道根命對他說出這番真誠無私的話語，令達也難掩動搖之色。前幾天，他還說他不需要神明，甚至連差使都抗拒。

「哎，應該是看在大野的姊姊分上吧？」

良彥半開玩笑地詢問天道根命。

「我和奈奈實小姐相識的確是個很大的因素，但不是唯一的原因。我就是放不下……」

天道根命露出困擾的笑容。天道根命是名草戶畔的親生弟弟，從這一點看來，祂和達也也有血緣關係。經過兩千年的時光，同樣擁有偉大姊姊的兩個弟弟以這樣的形式相識，算得上是緣分匪淺吧。

「祢見過我姊姊？」

達也驚訝地瞪大眼睛。

「對，已經是幾年前的事了，我們是在看得見河床廣場的北島橋上認識的。」

聞言，達也垂下眼來，似乎在思索什麼，又突然靈光一閃，抬起頭來。

「北島……對，她說的就是北島。」

達也挖掘和姊姊對話的記憶，重新打量眼前的少年。

「姊姊常跟我提起不懂棒球規則的北島……」

瞬間，天道根命瞪大眼睛，身體一陣顫動。

「……你也記得我……？」

祂總是擔心有一天會連自己的名字都想不起來，唯一能夠自我安慰的便是祂確定有個人記得自己，可是，她的意識現在已經沉入混沌之中。祂原本以為，如今再也沒人記得那天為了逃避現實而來到橋上的北島。

「她拜託我有空的時候和北島見一面……教北島棒球。」

北島的身影透過姊姊的記憶傳達給弟弟。

這正是天道根命這尊神的碎片。

——喂～！別放棄～！快跑～！

耳邊彷彿響起這道活潑的聲音，良彥忍不住環顧四周，卻不見聲音的主人，反而發現淚眼婆娑的天道根命身體散發出淡淡的光芒。

「天道根命……」

「差使兄，我覺得我現在應該辦得到！」

天道根命打斷良彥的話語，拭去臉頰上的淚水，用淚中帶笑的表情如此說道。

「我應該能夠找回自己遺忘的模樣！」

說完，天道根命拔足疾奔。他用瘦弱的腳踩著地磚，揮動苗條的手臂前進，並蹬著路肩的鑲邊石一躍而起，跑上了看不見的階梯，奔向散發白色光輝的太陽。

「咦，真的假的！」

良彥的腦袋跟不上祂這種活力過剩的狀況，只能呆然用視線追逐著天道根命的身影，並感覺到身旁的達也倒抽了一口氣。

只見奔馳在空中的天道根命猶如脫去了舊衣物一般，身上穿的變成動物毛皮製成的堅韌衣物。每走一步，祂的個子就抽高，腳上也多出足以支撐祂前往任何地方的粗壯肌肉。晒得黝黑的柔韌手臂握著一把磨得晶亮銳利的質樸利劍，長長的頭髮盤在頭頂上，髮間插著一根白得炫目的髮簪。

「那就是……真正的天道根命……」

和原先那個角髮白衣、戴著勾玉首飾、佩戴寶劍的苗條少年截然不同。

這就是受姊姊之託保護名草、保護紀國，並為此拚命奔走的弟弟。

生為阿彌多彥，以天道根命之身奔馳的崇高神明。

奔上天頂的天道根命一面騰雲駕霧一面回過頭來，結實精悍的五官即使留有少年的豐潤，依然顯得雄壯威武。

「差使兄，還有賢弟，我不知道該說什麼來報答爾等。」

明明相隔一段距離，祂的聲音卻在耳邊強而有力地響起。

「我原以為自己不會再有充滿力量的一天，是爾等的心意讓我能恢復這副模樣。」

雄壯美麗的男神踩著翻騰的雲霧，散發出耀眼的光芒。

「只要保有這副模樣，我便能擁抱深愛的紀國天空。就這麼回神社，實在太可惜了。」

天道根命對目瞪口呆地仰望天空的良彥等人笑了笑，又望向更上空，似乎在尋找什麼。

「如果看見迷路的凡人，我會叮嚀她快點回家人身邊。」

天道根命留下這句話，身上的光芒變得更加耀眼，空中宛若出現另一個太陽，良彥忍不住舉起手來護著眼睛。同時，上空吹來一陣強烈的驟風，天道根命的髮簪音色混在掃過耳邊的風聲裡，傳入了耳中。

清脆澄澈，如清流般的純粹音色。

再度為威武的主人擁抱，充滿了喜悅——

待驟風止息，良彥和達也戰戰兢兢地抬起頭來，只見天道根命已經消失無蹤，只留下平凡無奇的夏日天空。唯一的太陽一如平時地灑落日光，晴朗的天空看來又似濃青又似藍色。一輛計程車駛過圓環，良彥的T恤隨著熱風翻飛。

「……欸，大野，剛才的情景你看見了嗎？」

留下的兩人之間瀰漫著錯愕與混亂的沉默，良彥如此靜靜地詢問達也。莫非是天氣太熱，自己產生幻覺？

「……我想……我應該有看見……」

達也難掩困惑，視線迷惘地游移著。

沉默再度降臨兩人之間，只有進站的電車聲在高架橋上嘈雜地迴響；低沉的廣播聲才剛傳來，電車又緩緩發動。想進停車場的車子叭了他們幾聲，兩人這才回過神來，走到步道邊緣。

「……我覺得……」

仰望天道根命消失後的天空，達也喃喃說道：

「差使的工作……好像也不壞。」

繼幻覺之後，自己又出現幻聽症狀嗎？良彥不可置信地望著身旁的朋友。

達也的嘴角帶著微微的笑意，望著木盒中的紅色飾品。

「待會兒我會把這個送去給爸爸看。」

「大野……」

這是盛夏產生的冰釋前兆嗎？

「我差不多該走了……」

達也看著圓環的時鐘，蓋上木盒。

「啊，對喔，你還在工作。」

良彥不知該說什麼，含糊地笑著，並舉手道別。

達也說了句「回去的路上多小心」，邁開腳步，隨即又發現手機有來電通知便停了下來。

「好像做了一場白日夢……」

良彥喃喃說道，從斜背包中取出宣之言書，發現上了濃墨的天道根命神名之上，不知幾時間蓋了個髮簪形狀的朱印。見狀，良彥猶如突然洩氣似地吐出一口氣。就像從前的一言主大神一樣，天道根命的那副模樣應該維持不了多久吧。之後，祂又會變為少年模樣，但是祂保護紀伊國的氣勢，想必會變得比以往更加強盛。

「不過祂那身懦弱的頭巾裝扮我也不討厭就是了。」

良彥用手指輕撫清晰分明的濃濃朱印，露出笑容。

背後的達也突然高聲說道，良彥回過頭看著他。

「咦……我知道了！」

達也用微微上揚的聲音如此回答，掛斷電話之後，又神情恍惚地愣在原地好一陣子。

「我現在馬上過去！」

「怎麼回事？」

達也遲了幾秒鐘才發現走向自己的良彥，轉過視線答道：

「……我姊姊……」

他的表情宛若身在夢中。

「我姊姊的意識……」

話說出口，達也這才有了真實感，忍著眼淚眨了眨眼。

「她說出自己的名字了……」

這是相隔四年發生的奇蹟嗎？

又或是弟神悄悄捎來的口信造成的結果？

同一時刻，揉著惺忪睡眼走在自家神社境內的洋治察覺了這陣風，抬起頭來。

「……啊！」

那不是過去常感受到的溫熱弱風，而是從高空猛烈吹落的舒爽涼風，吹動洋治的衣襬，玩弄他的頭髮，輕撫他的臉頰。這陣帶有微微潮水味的風吹向拜殿，將洋治剛才吊起的幾個風鈴一起喚醒，吹得叮噹作響。

各色各樣的紙片或高或低、或強或弱地旋轉舞動，金屬製品和玻璃製的鐘鈴各自歌唱，震動著發出透明的聲響。這些音色各不相同，但是同樣優美，甚至給人一種七彩繽紛的錯覺。

宛若晴天裡下起的輕快雨滴。

「對對對，就是這種風！沒吹這種風，風鈴響起來都沒勁了。」

洋治用力吸了口強而有力卻光滑如絹的風。這是他孩提時代常在神社境內感受到的風。

於拜殿持續作響的風鈴中，也吊著達也今早送來的風鈴。那是從前原本打算全家一起進獻的貝殼風鈴。洋治望著風鈴，再度肯定地說道：「……很棒的風。」

洋治微微一笑，仰望湛藍的天空。這時，懷中的手機突然響起，破壞了他的餘韻。

「這種時候是誰啊……達也？喂？咦？什麼？」

知悉這家人間深厚情感的風鈴，載著各種心意，乘著喜悅的風，發出優美的音色。

⛩

「良彥，現在不是睡覺的時候！」

就在從和歌山歸來的良彥因疲勞及睡眠不足而呼呼大睡的傍晚，終究未能在和歌山會合的黃金毫不容情地喚醒他。

「……幹嘛？」

晚歸的黃金一回來就用肉趾猛拍良彥的臉頰，掀開棉被，搶走枕頭，絲毫不體恤因為辦理差事而疲勞萬分的良彥。

「我現在要說的事很重要，給我正襟危坐！」

黃金在良彥耳邊毫不客氣地大叫，並將頭鑽進良彥的身體和床鋪之間，挖他起床。

「……祢有何貴幹啊……」

良彥眼睛半閉，駝背正座。黃金這才心滿意足，並裝模作樣地清了清喉嚨。

「大神及其他眾神已經正式下令，我想盡快通知你……你有沒有在聽啊？」

黃金猛拍幾乎快坐著睡著的良彥臉頰。

「……夏令營怎麼了？」

「不是夏令營，是下令。」

黃金一板一眼地訂正，重新坐好，挺直背脊，並得意洋洋地搖動蓬鬆的尾巴。

「你該感到高興，良彥。你辦理差事時的真誠行動獲得了肯定，從此時此刻起，你就從代理差使升格成正式差使！」

良彥用剛睡醒的迷糊腦袋聆聽黃金說話，花了幾秒才理解意思。

「……那和現在有什麼不同？」

「不是有沒有不同的問題，這可是莫大的榮譽啊！你原本是大神作主指派的，一直被當成過渡時期的備胎，現在可是正式錄用！」

「會發薪水嗎？」

「不是金錢的問題。既然你現在成為名副其實的差使，更要帶著敬畏神明之心，盡心盡力地辦好差事，這才是重點。」

「……會有交通津貼嗎？」

「我不是說了，不是金錢的問題。這件事有多麼可喜，你務必牢記在心，並……」

「晚安。」

換句話說，不管是代理或正式錄用，都沒有任何改變。良彥再度鑽進被窩，黃金大喝「慢著」撲了上去。

「這對你而言可是種榮譽啊！剛認識的時候，你懶懶散散、寬以待己，卻要求別人體諒你，是個貪得無厭的尼特族小頑固，現在卻獲得了眾神的肯定！」

「咦～？真的假的～？好棒喔！都是多虧了黃金大老爺，有靈有顯，有靈有顯～」

良彥難以抗拒睡意，隨便敷衍了幾句，然而黃金聽聞這番話，卻一臉意外地瞪大眼睛。

「哦？沒想到你會這麼說。其實這回天道根命的差事暗藏著決定此事的重大意義，所以我狠下心，對你採取不協助的態度，原來你也知道我的苦心……」

「……等等。」

聽到這句話，良彥整個清醒了，掀開棉被緩緩起身。

「不協助的態度……我的確覺得祢很冷淡，但那不是因為我說祢貪吃，祢在鬧脾氣嗎？」

良彥一直如此認定，沒想到在這個時候被推翻了。

黃金嘆一口氣，啼笑皆非地看著良彥。

「我怎麼可能為了這種事鬧脾氣？雖然現在不得已與你一起行動，但我可是自太古以來便坐鎮日本的方位神，豈會為了區區食物而鬧脾氣——」

話說到一半，良彥察覺了室內的狀況，舉起手制止黃金繼續說下去。他剛回來時，房裡的景象一如平時，並沒有任何變化。可是——

「……這是怎麼回事？」

仔細一看，地板上擺滿食物：原本放在廚房裡的袋裝零食和蜂蜜蛋糕，香蕉、蘋果等水果，從冰箱裡拿來的布丁和果凍，還有父親用來當下酒菜的魷魚絲和柿種米菓。良彥屯購的碳酸飲料也從桌子底下拉出來，甚至還有充當宵夜的泡麵。

「你獲得正式錄用，所以我安排了慶功宴。」
黃金得意洋洋地挺起胸膛。
「現在立刻放回原位！」
瞬間睡意全消的良彥抓住狐神的尾巴，如此大叫。可不可以別趁著人家睡覺的時候，擅自把房間變成宴會廳？而且還把家裡的食物全都搜刮來了，祂到底打算舉辦多盛大的派對？
「我一直沒吃，在等你起床耶！」
黃金一臉不滿，良彥大大嘆了口氣，抱頭苦惱。他很感謝黃金的心意，黃金沒先吃，就收拾善後的觀點來看可說是幫了大忙，但是這和那是兩碼子事。
「只不過……有一樣東西我忍不住吃掉了。」
黃金一反常態地撇開視線，難以啟齒地豎起耳朵。
「哪一樣？」
良彥按著太陽穴，疲倦地問道。是冰淇淋？優格？還是魷魚乾？
「就是那個。」
見到黃金用鼻尖指示的物品，良彥的背上竄過一陣顫慄。
「……GO、GODIVA巧克力……」

包裝紙被撕裂並硬生生打開的盒子裡，已經連半顆巧克力都不剩。

這巧克力一盒要一千多圓，是萩原家最強的妹妹為了慰勞即將考完前期考試的自己而買。

良彥感受到生命危險，連忙抓起桌上的錢包。距離那個凶神惡煞回來還有一點時間，如果不趁現在把這齣慘劇一筆勾銷，將會發生另一起慘劇。

「為什麼是我！」

良彥穿著家居服衝出房間，跑下樓梯。他知道神明總是蠻橫無理的，但是不能客氣一點嗎？為何偏偏選上妹妹的GODIVA巧克力？

「良彥。」跟著下樓的黃金呼喚匆忙穿上涼鞋的良彥。

「幹嘛啦！」

「買個最大盒的給你妹妹吧。」

「咦？」

聽到這句意料之外的話語，良彥忍不住回望那雙黃綠色眼睛。這陣子盡在忙那兩對姊弟的事，莫非黃金也萌生了什麼感觸？就在良彥胸中感受到一股小小的暖意時——

黃金興高采烈地搖動尾巴說：「買第二大盒的給我就行了。」

即將邁入八月的某個平日午後，萩原家的玄關響起宣告混戰即將展開的鐘聲。

要點

神明講座 4

名草戶畔的子孫後來怎麼了？

神倭伊波禮毘古命進入大和，建立王權約三、四百年後，名草人將姓氏改為「紀氏」，並靠著他們優秀的造船和航海技術組成水軍，嶄露頭角。其中似乎也有人協助當時的外交政策主導者大伴氏。之後，他們打入了中央政權，成為「紀朝臣」，出了許多人才，《土佐日記》的作者紀貫之就是其中一例。

另一方面，留在紀伊、未與中央聯手的人們，成了被稱為「紀直」的大豪族，並獲得國造的地位。這一派人奉天道根命為始祖，之後掌管了祭祀活動。

在《日本書紀》中被描寫為朝廷之敵的名草戶畔，之後不再被公開提及，但是一族視為聖山的名草山周邊仍留有三間（合祀前是十五間）奉祀「名草姬、名草彥」兩尊神的中言神社。自古以來，這兩尊神就被視為守護這片土地的地主神，並受到當地人隆重奉祀，令人不由得聯想到名草戶畔。

此外，第二次世界大戰結束後，在盧邦島孤軍奮戰約三十年的小野田寬郎先生的老家，就是奉祀名草戶畔頭顱的神社，這在日本也是件廣為人知的事。說來遺憾，小野田先生已經在二

〇一四年過世了，但是由中比良舞（なかひらまい）女士撰寫的《名草戶畔古代紀國的女王傳說》，還留有幾則關於名草戶畔及地方傳說的寶貴故事。

或許事實並不侷限於
史書上記載的事蹟，
活在傳說中的人事物
也是國家的歷史。

附錄　穗乃香的狀況

「欸，穗乃香，什麼是低筋麵粉？」

吉田家的廚房裡，須勢理毘賣細細閱讀穗乃香最近購買的食譜，突然如此問道。

「應該是麵粉的一種……」

正從櫥櫃中拿取蛋糕模的穗乃香停下手，回過頭來。事實上，穗乃香也不太明白低筋麵粉和高筋麵粉的不同。

「原來是麵粉啊！那用這個應該沒問題吧？」

大國主神從祂帶來的木箱中拿出裝著麵粉的塑膠袋。除此之外，箱子裡還有水果及蔬菜，看起來很重；但是打從今天遇見祂時，祂便一直隨身攜帶，搬運起來似乎不費吹灰之力。

「那烘焙粉又是什麼？」

須勢理毘賣再度發問。祂看見穗乃香的母親放在廚房裡的花圍裙，覺得很新奇，便拿來圍在身上。只有裝扮架式十足的須勢理毘賣主動提議要幫忙，穗乃香固然很感謝，但是鮮少下廚的祂對於人類的食材幾乎一無所知。

「烘焙粉……我好像在冰箱裡看過……」

穗乃香的母親有時心血來潮，便會製作蛋糕或麵包。雖然穗乃香的父親成為宮司之後，夫婦倆都變得很忙碌，製作糕點的次數大幅減少，不過在穗乃香小時候，母親曾替她製作生日蛋糕，因此穗乃香看過這些用具和材料。

「有了。」

大國主神打開冰箱，拿出印有烘焙粉字樣的粉紅色盒子。打開紙盒一看，裡頭有好幾袋白色粉末。

「這些粉是用來幹什麼的？和麵粉好像不太一樣。」

須勢理毘賣拎起袋裝的烘焙粉，歪頭納悶。身旁的大國主神一臉嚴肅地說道：

「我在電視上看過帶著這種東西的人被警察抓走……」

「咦？這是危險物品嗎！」

「那種粉……和這個應該不一樣……」

穗乃香同時找到了磅蛋糕模和烘焙紙，又望向神色凝重地看著烘焙粉的兩尊神。要是在一般家庭的冰箱中發現那種粉末，問題可就大了。

「須勢理毘賣夫人，還需要什麼材料？」

穗乃香為了改變話題而出聲說道，須勢理毘賣這才回過神來，抬頭閱讀食譜。

「還有奶油、砂糖和兩顆蛋……欸，蛋下面這個像貓耳朵的M記號是什麼意思？」

「就是中號……也就是中等大小的意思……」

「那如果手邊只有小號的蛋，不夠的分量要怎麼辦？還有，蛋要怎麼分大中小？」

被這麼一問，穗乃香可就答不上來。她自己也不清楚中號的蛋是指幾公克。

大國主神盤臂思索，突然靈光一閃，敲了一下手心。

「對了，不夠的分量用小顆的蛋補足就夠啦！比如鵪鶉蛋之類的。」

「鵪鶉蛋？冰箱裡沒有，該不該去買呢？還是叫母鳥過來比較快？」

「啊，呃，應該沒問題，我會想辦法……」

至少穗乃香從沒看過母親用鵪鶉蛋做蛋糕。何況，現在叫母鳥過來生幾顆蛋給她，她反而傷腦筋。

穗乃香將所有用具排放在餐桌上，微微地嘆了口氣。她沒想到事情會變成這樣，莫非這也是神明帶來的緣分？

「上頭說要先把低筋麵粉和烘焙粉混在一起篩過。穗乃香，妳知道怎麼做嗎？」

穗乃香對著朗誦食譜的須勢理毘賣點了點頭，暗下決心，絕不再重蹈製作泡芙時的覆轍。

⛩

那一天本該是個平凡無奇的星期三。一如平時，穗乃香在上午補完課之後便直接回家，可說是極為普通的暑期日常生活。然而，放學時，穗乃香卻在校門口被一對不似人間所有、全世界的名流都會自慚形穢的俊男美女夫妻檔給逮個正著，就這麼被硬生生地拉回家。

祇園祭仍在進行，須勢理毘賣本來該和父親須佐之男命一同待在御旅所，卻因為捨不得擱下心愛的丈夫而跑回來——這是祂們表面上的說法，但是對於曾親眼目睹祂們夫妻吵架的人而言，難免懷疑祂們恩愛的模樣背後是否有過激烈的攻防。

「上頭說要先把烘焙紙鋪在模子裡。這個我也會。」

須勢理毘賣從食譜中抬起頭來，拿起桌上的烘焙紙。見祂用力拉扯盒子裡的烘焙紙，大國主神忍不住插嘴說道：

「須勢理，它說的『鋪』應該不是把紙塞進模子裡就好……」

「討厭，破掉了。這紙真脆弱，是哪位造紙師傅做的？」

「……嗯，是哪位造紙師傅呢……」

穗乃香瞥了交談的兩神一眼，開始按照食譜的指示，混合奶油和砂糖。現在想想，她真不該當著祂們的面，自問能為在和歌山努力辦差事的良彥做些什麼。她沒有可以常出遠門的資金，又是個得補課的高中生，左思右想不出個辦法來，才會如此喃喃自語。

「欸，老公，這個東西的味道很香耶！」

「真的，有香草的香味。」

正在慎重地添加砂糖的穗乃香抬起頭來，只見磅蛋糕模中塞著破裂的烘焙紙，一旁的夫婦神正興高采烈地拿起裝有香草精的小瓶子。

既然不能趕到良彥身邊，那就等他回來以後用美食慰勞他吧——須勢理毘賣的這個點子是廚藝不佳的穗乃香絕對想不到的。起先須勢理毘賣提議的是日式料理，但是門檻實在太高，因此穗乃香提出妥協方案，改以糕點代替。要是照祂的話去做，搞不好連高湯都得自行用柴魚和昆布熬煮。

上次製作泡芙時，穗乃香曾向良彥承諾下次會做得更好，最近才剛買好糕點食譜；她覺得老做同樣的東西了無新意，便另外挑了些自己應該做得來的點心。之所以能夠立刻向須勢理毘賣祂們表示「現在是夏天，不需要用到鮮奶油的磅蛋糕應該挺適合的」，也是因為她先前曾經預習過食譜。說歸說，她可沒想到自己這麼快就得付諸實行。

「香草的香味為何如此引人垂涎呢……」

大國主神從瓶子裡倒出幾滴香草精在手背上，一臉期待地舔了一口。然而下一瞬間，祂瞪大眼睛、摀住嘴巴，並露出夜叉般的表情，從同樣想試味道的須勢理毘賣手中奪走瓶子。

「不行，須勢理，這個臭掉了！好可怕的味道……莫非有毒？」

「什麼！」

「幸好吃的是我，要是祢或穗乃香吃了……尤其是穗乃香，或許會有生命危險……居然用這麼香的東西下毒，對手的城府真深啊！」

「難道又是八十神想害祢……」

「我沒事，須勢理。我怎麼會留下祢，自己倒下呢？」

「老公……」

兩尊神不請自來地在別人家廚房裡互相擁抱，確認彼此的愛。

小時候曾有過同樣經驗，知道香草精本來就很苦的穗乃香來不及警告祂們，只能默默無語地繼續攪拌碗公裡的東西。

卄

在興味盎然的大國主神及須勢理毘賣旁觀之下，穗乃香運用上次製作泡芙的經驗做好了麵糊，倒進重新鋪好烘焙紙的模子裡。接著只要放進預熱的烤箱中，烤個四十分鐘就完成了。

到頭來，須勢理毘賣撕破烘焙紙之後，只是在不自覺的狀態下和大國主神一搭一唱，沒再插手幫其他忙。不過，先前請祂試打的雞蛋像炸彈一樣破裂，或許祂不幫忙才是值得慶幸的。

「做糕點還挺麻煩的耶。」

等待磅蛋糕出爐的期間，須勢理毘賣一面飲用穗乃香沖泡的紅茶，一面嘀咕。裝滿冰塊的杯子裡倒入泡得略濃的伯爵茶，冷卻後的香檬香直撲鼻腔。

「是啊，步驟出乎意料地多……」

穗乃香點頭同意。磅蛋糕只是入門篇，製作其他糕點的步驟想必更為複雜。

大國主神一手拿著杯子，從落地窗走出庭院，一臉新奇地觀賞穗乃香的父親養的松樹盆栽。時間已經過了下午四點，但七月的太陽仍然高掛空中，穗乃香有點擔心祂被晒昏頭，但是對於神明而言，氣溫似乎不成問題。

「良彥什麼時候回來？如果現在立刻回來，就可以送他剛出爐的蛋糕了。」

須勢理毘賣心浮氣躁地看著運轉中的烤箱。

「這次的差事那麼棘手嗎？」

「……他好像有點煩惱，越是關心神明，就越……」

穗乃香想起昨晚的電話。良彥在那種時間詢問可否打電話給她，是兩人相識以來頭一遭。平時他總是顧慮身為高中生的穗乃香，鮮少太晚聯絡她。由此看來，他應該相當煩惱。

「說來說去，良彥畢竟是個心腸軟的人。我那時候也一樣，他居然把酒鬼帶回家裡。」

須勢理毘賣搖晃著杯子裡的冰塊，聳了聳肩說道。春天時，良彥這個差使夾在吵架的夫妻間左右不是人的情景仍然歷歷在目。

「那時候妳不是也有幫忙嗎？」

「說什麼幫忙……我做的事根本不算什麼……」

當時，須勢理毘賣寄居家中，良彥苦心尋找解決差事的方法。穗乃香便鼓起勇氣，詢問他有沒有自己幫得上忙的地方。那一天的情景，穗乃香至今仍然印象深刻。

「我只是希望能夠多少幫上良彥先生的忙……」

穗乃香含糊其詞地說道。那時候她純粹是想報答良彥的恩情，但是現在她發現驅使自己的不只有這個理由。雖然不敢明確地說出口，但是自那天起，確實有股情感逐漸萌芽茁壯。

胸中有種心癢難耐的感覺。

須勢理毘賣彷彿看穿了她的心思，微微一笑。

「穗乃香，妳要好好珍惜這份情感。」

祂的聲音宛如母親般深沉溫柔。

「光是憧憬、光是祈禱，妳所期望的未來是不會降臨的。決定妳人生的不是神，而是妳自己的意志。」

面對突然轉向自己的女神投來的視線，穗乃香下意識地屏住呼吸。那雙柔和豔麗卻又凜然有力的眼睛，隔著窗戶望向丈夫。

「我也是憑著自己的意志選擇了祂。」

神代的婚姻制度是「妻問婚」，由男方定期前往女方家探視女方，婚後女方通常仍是繼續住在娘家。然而，大國主神和須勢理毘賣在相識的瞬間便墜入愛河，一同克服須佐之男命的考驗、結為連理之後，須勢理毘賣便隨著大國主神一起離開父親的國家。在那個女人被動是理所當然的時代，那是種相當另類的婚姻型態。

察覺視線的大國主神朝著她們天真無邪地揮手。

須勢理毘賣一面笑盈盈地揮手以對，一面說道：

「所以，穗乃香，妳也該自己選擇——如果那是妳要的。」

祂再度望向穗乃香。

「男人都很遲鈍，妳不說他是不會懂的。」

聽見這句直接了當的話語，穗乃香啞口無言，臉頰轉眼間變得一片通紅。

「什、什麼意思……？」

她努力擠出的詢問聲比平時高了八度。

宛如突然被脫個精光的害臊感讓穗乃香一反常態地手忙腳亂，不斷眨眼。須勢理毘賣看著她這副模樣，似乎覺得很有趣。

「還能有什麼意思？就是那個意思啊！」

「我不太懂……」

「哎呀，是嗎？真遺憾。」

須勢理毘賣裝模作樣地說道，兩人四目相交，緩緩地笑了出來。

「欸、欸，瞧妳們聊得這麼開心，在聊什麼？」

大國主神打開落地窗，回到開著冷氣的室內。烤箱開始飄來甘甜的香味。

「這是女人之間的祕密。」

須勢理毘賣使了個眼色，穗乃香微笑點頭。

⛩

隔天，穗乃香帶著想見識學校生活的兩尊神一起上學，並一如平時地接受補課。兩尊神不光是參觀課堂，還跑去理科教室和音樂教室等地閒逛。穗乃香就讀的高中在幾年前迎接了創校六十週年，是一所頗有歷史的學校，不過新校舍是在平成年間建造的，設備還算新穎，看在兩神眼裡，應該有許多新奇的事物吧。

昨天烤的磅蛋糕雖然有點焦，但是須勢理毘賣祂們試吃過後，都稱讚她「第一次能做成這樣已經很棒了」。穗乃香將蛋糕分切過後，用保鮮膜包好，放進冰箱；但是仔細想想，要送給良彥，總不能直接連著保鮮膜交給他，必須另行包裝才行。上完課後，就在穗乃香一面煩惱該去哪間店買包裝用品，一面走在走廊上時，她突然發現書包裡的智慧型手機在震動。

手機螢幕上顯現良彥的名字。

看見名字的瞬間，她的心臟猛然一震。

「良彥先生……」

穗乃香有些慌張地開啟簡訊，只見良彥傳了三行訊息，表示他昨晚剛回家，並詢問穗乃香可否在他傍晚打工完後出來見個面。

「他回來了……」

穗乃香將下意識屏住的氣息吐出來，小聲地喃喃說道，又頂著不露情感的白皙臉頰再度邁向樓梯口。

管樂社的練習聲傳來，穗乃香下意識地加快了腳步，擦身而過的同學有些詫異地看著她。她本來是正常步行，不知不覺間變成快步行走，又變成小跑步，跑下了樓梯。不知何故，她的胸口癢癢的。良彥詢問可否見面的簡訊文字在她的腦中不斷重複。

「哎呀？已經到了放學時間啦？」

半路上，穗乃香在特別教室所在的樓層遇見那兩尊神，但她連停下來說明都感到心急。

「呃，良彥先生回來了，我先回去！」

傍晚和他見面之前，穗乃香必須先找到適合磅蛋糕的包裝盒。雖然味道並不會因為包裝而改變，不過，只要能讓他開心就夠了。

「咦？良彥回來啦？等等，穗乃香！」

穗乃香聽著自背後傳來的須勢理毘賣呼喊聲，輕快地奔向夏日陽光躍動的天空下。

後記

我為了尋找想讀的漢文資料白話版而洽詢出版社，得到的答案是那本書沒有白話版，還順便推薦我購買漢文解讀解說書，真會做生意！說歸說，我還是買了。想當然耳，「讀完解說書便能立刻看懂《古事記》和原文」的情況當然不會發生，因此我可說是一個頭兩個大。我過世的祖父曾經自費出版漢文書，我應該也有這種才能……等等，只要閱讀資料時讓祖父附在我身上不就好了嗎……對喔！與其學習漢文，不如學習當靈媒比較快（以下自我約束而略過）。

重新向大家問好。大家好，我是淺葉なつ。剛開始寫「諸神的差使」系列時，為了讓對神社及神明沒有興趣的人也能享受閱讀本作的樂趣，我盡可能選擇簡單輕鬆的故事；不過這次是第四集，我稍微改變一下創作方向，挑戰本系列初次的長篇。過去都是「良彥和逗趣的夥伴們」，到了第四集突然變成「歷史之謎～良彥與眾神的記憶～」，內容也比平時沉重一點，不知各位讀者有何感想呢？我對此很擔心。

之所以決定寫天道根命和名草戶畔的故事，是因為邂逅了《名草戶畔 古代紀國的女王傳說》這本書。作者中比良舞（なかひらまい）女士數度從東京前往和歌山，與當地人交流，並做了非常仔細的採訪。天道根命或許是名草戶畔的弟弟這部分，也是參考中比良舞女士的研究寫成的。去年夏天，我前往和歌山恭聽她的演講，當時還厚著臉皮要了簽名。

為了寫這次的故事，我也在和歌山住了幾天，並搭乘當地的電車或騎著出租腳踏車四處採訪。必須實際訪談的事物實在太多了，說實話，我很想再多花點時間慢慢調查。收集的資料也追不上需求，或許最想借助毛啦A夢之力的就是我吧！要如何融合史實與虛構的故事，將是我今後的課題。

這次登場的重要角色達也，是在我得知海南市某所身為甲子園常客的學校之後誕生的角色。至於達也為何取名為達也的理由只有一個，就是他本來是個棒球少年；大野這個姓氏，則是取自我當時偶然在廣告中看見的藝人。不過，大野這個姓氏其實和洋治的神社原型有著很深的淵源，當我得知這一點時，曾考慮過要不要改姓……然而，那時候「大野同學」這個稱呼已在我和責編之間定調，所以就維持原狀了。

以下是謝詞。

每次都用美麗的插畫替本作灌注生命的くろのくろ老師，這次又收到讓我想裱框起來的美圖，我實在太感動了！我想您應該很忙，但還是要請您今後也繼續關照良彥他們。

再來是每次都提供感想的家人和親戚，以及敬愛的祖先，我要向你們獻上不變的愛與感謝。親愛的「Unluckys」，我知道書架快沒空間了，但是拜託別把書拿去舊書店賣。

還有這回陪我熬過寫不完地獄的兩位責編……多謝你們的關照。商量的事太多，我都快不記得我們曾說過什麼，印象比較深刻的建議是：「妳太強調大氣都比賣神的屁股了。」和「穗乃香烤的磅蛋糕再好吃一點也無妨吧？」（本來的設定是很難吃）。「諸神的差使」系列裡的細節全都是靠責編打理的。

最後，希望神明的風也會吹向拿起這本書的您。

風為氣。

夫天地之間，無風則寸步難行。

故神乘風踏雲而行。

（摘錄自《造伊勢二所太神宮寶基本記》）

那麼，第五集再會吧！

二〇一五年　五月某日　看著神龕上的紅淡比新葉　淺葉なつ

參考文獻

《白話古事記 眾神的故事》竹田恒泰著（學研出版）
《先代舊事本紀 白話文譯版》安本美典監修　志村裕子譯（批評社）
《全白話文譯版 日本書紀（上）》宇治谷孟譯（講談社）
《名草戶畔 古代紀國的女王傳說》中比良舞著（STUDIO M.O.G.）
《神祕的古代豪族 紀氏》財團法人和歌山縣文化財中心編（清文堂）
《日本人為何不知日本事》竹田恒泰著（ＰＨＰ研究所）
《敗者的古代史》森浩一著（中經出版）

除此之外，我還參考了許多資料及故事。
在此致上由衷的感謝。

輕文學 Light Literature

這個世界上，有很多東西雖然眼睛看不見，卻很重要——

七彩香氛 ~聆聽香味訴說的祕密~

淺葉なつ／著　許金玉／譯

秋山結月擁有與小狗一樣靈敏的嗅覺，但這項能力從來只運用來大啖美食。然而某天，循咖啡香而來的她，遇見的不是咖啡，而是精通古今中外香味的香道本家繼承人——神門千尋。為了解開人們寄託予香味中的各種心思，他們以鼻代耳，傾聽香氣隱約發出的聲音，而香氣遠比任何事物都還熱絡地訴說著祕密……

定價：NT$280/HK$85

輕文學 Light Literature

©KOICHI NITORI 2014

質樸美味的和菓子，
代替說不出口的話語，化解人們的煩惱與憂愁。

期待您大駕光臨 老街和菓子店 栗丸堂 1~2

似鳥航一／著　林冠汾／譯

和菓子老店「栗丸堂」的老闆栗田仁，年紀輕輕便已有高超的手藝，且在「和菓子千金」葵的協助下，店內生意越來越好。不過人情味濃厚的淺草老街天天上演種種人倫劇，父子間的心結、師徒間的誤會、兄妹間的體貼——「栗丸堂」似乎和這些事件特別有緣，今日栗田與葵又會被捲進什麼樣的和菓子騷動中呢？

定價：各 NT$240/HK$75

國家圖書館出版品預行編目資料

諸神的差使 / 淺葉なつ作 ; 王靜怡譯 . -- 初版 .
臺北市 : 臺灣角川 , 2015.12-
冊 ; 公分 . --（角川輕 . 文學）

譯自 : 神様の御用人
ISBN 978-986-366-838-1（第 4 冊 : 平裝）

861.57 104022664

輕文學
Light Literature

諸神的差使 4

原著名＊神様の御用人 4

作　　者＊淺葉なつ
插　　畫＊くろのくろ
譯　　者＊王靜怡

2015 年 12 月 5 日　初版第 1 刷發行

發 行 人＊加藤寬之
總 編 輯＊呂慧君
主　　編＊李維莉
文字編輯＊溫佩蓉
資深設計指導＊黃珮君
美術設計＊陳晞叡
印　　務＊李明修（主任）、張加恩、黎宇凡、潘尚琪

發 行 所＊台灣角川股份有限公司
地　　址＊105 台北市光復北路 11 巷 44 號 5 樓
電　　話＊（02）2747-2433
傳　　真＊（02）2747-2558
網　　址＊http://www.kadokawa.com.tw
劃撥帳戶＊台灣角川股份有限公司
劃撥帳號＊19487412
製　　版＊尚騰印刷事業有限公司
I S B N＊978-986-366-838-1

香港代理
香港角川有限公司
地　　址＊香港新界葵涌興芳路 223 號新都會廣場第 2 座 17 樓 1701-02A 室
電　　話＊（852）3653-2888

法律顧問＊寰瀛法律事務所